女探偵眞由美の誘惑事件簿

伊吹泰郎

挿絵／AZASUKE

JN267706

KILL TIME COMMUNICATION

Contents

目次

登場人物　*Characters*

玉村 眞由美
(たまむら まゆみ)

雑居ビルに事務所を構える探偵。元は将来を嘱望された弁護士だった。垂れ目、泣きボクロ、少し厚みのある唇が色っぽい都会的な美人。凛々しくも優しい性格。

吉尾 正太郎
(よしお しょうたろう)

弁護士を目指して法学部に通う二十一歳。がっしりした体格の、真面目な好青年。

第一章　ペット探しと手コキパイズリ

秋と呼ぶにはまだまだ暑すぎる、九月中旬の陽気に包まれながら。

吉尾正太郎《よしおしょうたろう》はバイト用の履歴書を携えて、東京都の井出坂《いでさか》にある古ぼけた雑居ビルを訪ねていた。正確には、ビルの三階にある『玉村《たまむら》探偵事務所』を。

――探偵の事務所。

そんな怪しい場所と、学生の内から縁が出来るなど、彼も先日まで考えていなかった。

正太郎は弁護士を目指して上京し、江蘭《こうらん》大学で勉強中の二十一歳だ。ちなみに現在は、大学の寮住まい。

高校まで弱いながらも柔道部に所属していたためか、多少はガッシリした身体つきだが、見た目は平凡な方だろう。

その彼が、初めて足を踏み入れた探偵事務所は、グレーがかった壁やスチールラック、さらに安っぽいボロソファーのせいで、全体的に寒々しかった。一月後には潰れていたっておかしくない。

にもかかわらず――。

部屋の主である玉村眞由美《まゆみ》は、眩いほどの存在感を放っていた。

「そう……吉尾君、今は江蘭大学の法学部に通っているのね。しかも、柔道の心得有りと。なかなか頼もしそうね」

眞由美は、正太郎が今までロクに会話したことがない都会的なタイプの美人で、非常に色っぽかった。

たとえば、端の垂れ気味な瞳が色っぽい。目尻の泣きボクロも色っぽい。

少し厚みのある唇も色っぽいし、履歴書を持つ長い指も、セミロングの髪も――。

それでいて、育ちの良さそうな気品まで漂っている。

彼女を前にした瞬間から、青年の心臓は高鳴りだし、頬も火照った。そしてローテーブルを挟んで向き合うと、喉はカラカラに干上がってしまった。

密室に二人きりとはいえ、初対面でここまで調子が狂うなんて、自分でも変だと思う。

ある『特殊な事情』による緊張からか、とも思ったが、多分違う。

もしかして、彼女ほど綺麗になると、妙なフェロモンを出せるようになるとか――。

（……って、そんな妄想、余計に馬鹿げてるだろ）

女探偵の身長は少し高めで、バストに関しては発育過多だ。Ｅカップか、あるいはＦカップ以上あるのか、ライトグレーのスーツの胸元を柔らかそうに盛り上げ、ともすればボタンを弾き飛ばしそう。

逆にウエストは流麗に括れて、ラインに沿った衣類がコルセットさながらに見えた。そのくせ、しなやかな健康美も存分に発揮されている。

ヒップまで下れば、またふくよかな丸みが描かれていた。

眞由美が穿くのは、上と揃いのスカートだ。タイトに肢体へ密着し、匂い立つような女らしさを浮き上がらせる。脚はストッキングが包み、脹脛の曲線まで悩ましい。

――と、計ったようなタイミングで、眞由美が悪戯っぽく目を向けてきた。

「探偵事務所の仕事は、浮気調査やストーカー対策といったものよ。アルバイトとはいえ、人の黒い面を色々見るかもしれないし、依頼人に対する誠実さが求められるわ」

「は、はいっ……。元々、弁護士を目指していますし……っ、大丈夫ですっ」

「でも、逆に法学部じゃ、毎日の勉強が大変じゃない？」

「う、その……そ、それなりにはこなしています。問題ありません……っ」

「それなりってどれぐらい？」

「え？」

目を瞬かせると、眞由美は気安げに微笑んだ。

「曖昧な返事は、面接だとマイナスよ？　リラックス、リラックス。ありのままの吉尾君を見せてね？」

純朴な青年とのやり取りを、楽しんでいるかのようだ。

だが正太郎としては、絶対に『ありのまま』を見せるわけにはいかない。

なぜなら、ここの面接を受けることになったのは、『特殊な事情』——ある人物から一方的に指示を出されたためで。

青年はスパイとして、不本意ながら、この事務所へやってきたのだ。


それは三日前のこと。

「君に頼みがあるんだ」

差し向かいでソファーに腰を下ろす白髪の紳士から、笑顔で切り出された時点で、正太郎はピンとこないながらも不吉な予感が強かった。

紳士の名は、源元英雄《みなもとひでお》。江蘭大学で法学部の学部長を務めており、法曹界にも顔が広い。つまり、学生である正太郎の生殺与奪を、ほぼ握れる人物なのだ。

パッと見、穏やかで知的な英雄は、しかし中身が相当な古狸であると、学生の間でも悪名高かった。

そんな彼から、正太郎は講義が終わった後で呼び止められた。そして学部長室に連れてこられた。どんな呑気者でも、緊張せずにいられない状況だろう。

しゃちほこばる教え子へ、英雄はおもむろに告げてきた。

「噂で知ったんだが、吉尾君はまあまあ腕っぷしが強いらしいね？　それに講義を受ける態度が、今時珍しいほど真面目だ。そこで法学部に属する学生の中から、僕は君を選んで、声をかけたんだよ」

褒められるほど、不安が高まる。相手の笑顔も、悪だくみ故に思えてくる。

待っているのが落ち着かなくなり、正太郎は催促してみた。

「それで……頼みというのは何でしょうか？」

「うん。君には、僕の姉の娘……つまり、姪の事務所で働いてもらいたい。とりあえずは来月の末までね」

「え？」

「姪は玉村眞由美といって、かつて将来を有望視される弁護士だったんだ。が、ある日一大決心をして、誰にも相談せず、職を変えてしまった。何もかも捨てて就いた仕事は、なんと探偵の見習いだ」

三流ドラマのあらすじみたいである。教授もそこで僅かに苦笑するが、話は澱みなく進めた。

「新しい職場で必要な技術を身に着けた後、姪は独立して個人事務所を開いた。親戚一同、どう遇するべきかで迷っているよ。不祥事を起こされても困るしね。そこで僕はどんな仕事ぶりか探ろうと考えついた。姪はちょうどバイトを募集中なんだ」

「……つまり俺……いえ、自分にスパイをしろということですか？」

「その通り。首尾よく潜り込むことが出来たら、定期的に状況を教えてほしい」

そんな役どころ、正太郎は御免だった。探偵の助手なんて、剣呑なトラブルに出くわすかもしれないし、時間も拘束される。第一、自分にスパイの真似事が出来るとは思えない。

「面接で弾かれたらどうするんですか？」

角の立たない逃げ道を探してみるが、法学部の狸は動じなかった。

「その時は別の方法を考えよう。どうだろうね。引き受けてくれるなら、姪からのバイト代と別に、僕も謝礼を払おう。結構な稼ぎになるよ？　それに、だ」

英雄はニンマリ口の端を上げた。

「前回の小論文が、可と不可の間で揺れている君にとって、この仕事は社会勉強になると思うんだが？」

嘘だ。その小論文はきちんと下調べして書いたし、自己評価も低くなかった。パワハラです、と抗議したいのを、正太郎はギリギリで飲み込む。学部長と言い争っても、勝てる望みはない。

「……分かりました。やってみます」

結局、それが青年の返事だった。


以上、回想終わり。

正太郎は動悸が速まるだけと自覚しつつも、改めて目の前の女性を見てみた。

玉村眞由美の実年齢は不明だ。英雄は教えてくれなかったし、正太郎も異性に疎いから、見当をつけにくい。

顔立ちは若々しく端整なのだが——。

（源元教授から聞いた経歴だと、まだ二十代ってのは、無理があるんじゃないか？）

まさか、三十代半ばなんてことは——。

脳裏をかすめる無礼な想像を、正太郎は慌てて打ち消した。

と、眞由美が立ち上がる。

「そうだわ。前にもらったお菓子があるの。それを食べながら、話しましょうか」

返事も待たず、パーテーションで区切られた給湯室の方へ歩いていく彼女。正太郎が目で追えば、引き締まったヒップラインが誘うように左右へ揺れていて——駄目だ。意識して顔を背けなければ、凝視してしまう。

（どうしたんだ、俺は！　こんな軽薄男じゃなかったはずだろう！）

青年が悶々としているうちに、眞由美はクッキーの缶を持って戻ってきた。そしてさっきと同じ場所に腰を下ろして、蓋を開ける。

「遠慮なくどうぞ」

「い、いただきます……」

フレンドリーに勧められ、正太郎はぎこちなくクッキーを取り上げた。それを口に入れた瞬間、眞由美から質問が来る。

「で、源元教授の様子はどう？　お元気かしら？」

——いきなりバレた⁉

不意打ちに咽せかける。とはいえ、すぐ気付いた。履歴書を見せた以上、学部長である英雄の名前が出てもおかしくないはずだ。

これはカマ掛けだろう。

クッキーを塊のままで飲み下し、青年は白を切ることにした。

「そうですね？　ええ、元気ですよ？」

しかし、眞由美もニコニコ笑いながら、追及を緩めない。

「そこまで動揺したら、ごまかしても手遅れじゃないかしら。君は源元教授に言われて、私を監視しに来たんでしょう？」

「……っ」

核心へズバリ切り込まれ、もはやいくら考えても、突破口は見つからなかった。

「は、はい……。姪の仕事を手伝いながら、定期的に状況を報告しろと言われました」

観念して頷く正太郎。ただし不安も大きい。

もしも眞由美が『余計なことをするな』と学部長に怒鳴り込めば、単位すら危うくなるのだ。

幸い――次のセリフまでに間は空いたものの、相手は表面上、にこやかなままだった。

「……。どんな目的だとしても、叔父様へ文句は言いにくいわね。あ、叔父様は――」

そこで彼女の目線は、スッと出入り口のドアへ移される。

「……君、どうしたの？　何かご用かしら？」

今までと違い、純粋に優しい口調だ。つられて正太郎もドアを見た。

すると、思いがけない展開。

小学校中学年ぐらいの少年が一人、事務所へ不安げに入ってきていたのだ。平たいバッグをランドセルのように背負い、出で立ちはごく普通のシャツに半ズボンという組み合わせ。

背丈は多分、平均ぐらいだろう。だが、全体的に線が細い。ビクビクした物腰のせいで、余計に弱々しく感じられるのかもしれない。

急に年上二人から見つめられ、少年は身を竦ませかける。それでも、どうにか踏みとどまり、高めの声を張り上げた。

「あのっ、た、玉村先生はいらっしゃいますかっ？　お願いしたいことっ、あって、来ましたっ！」

「玉村は私よ？」

眞由美が軽く手を挙げて応じると、少年は即座に頭を下げる。

「先生っ、シレを……逃げた犬を探してくださいっ。僕は野呂創《のろはじめ》っていいます！　自分でも探したけれど見つからなくて……だ、大事な家族なんです！　お願いします！」

正太郎はある意味、単純なタイプだ。事務所から追い出されかねない立場でありながら、この少年が可哀相になってきた。

探偵事務所なんて非日常めいた場所へ、子供が一人で来るなど、相当な勇気が必要だったろう。加えて、今にも泣きだしそうな必死さ。

きっと、もう他に手段が思い浮かばないのだ。

思わず眞由美を見れば、彼女と視線がぶつかった。

こちらの内面を確かめるような表情だ。息の止まりそうな緊張感が、正太郎の身を走る。

だが、眞由美はすぐに小さく微笑み直した。

「吉尾君、席を一回、私の隣に移して」

「え？」

「そこはお客さんのための場所だもの。君はバイトに採用されないと困るんでしょう？　お給料とか勤務時間とかの細かい話は、後で決めるから……そうだわ、これからは私を所長と呼ぶように、ね？」

「っ……はいっ」

正太郎は弾かれたようにソファーから立つ。

ますます厄介な板挟みとなってしまったが、こうなったら、なるようにしかならない。

何度も試合に臨んでは負けた経験から、土壇場での腹の括り方だけは、無意識に覚えている正太郎だった。


正太郎は眞由美と並んで、小さな依頼人から話を聞くことになった。

隣からは、女らしい甘やかな香りが漂ってくるが、努めて正面へ意識を集中する。

「あの……これが探してほしい犬なんです」

創は落ち着きのない手で、さっきまで背中にあった鞄から、一枚の紙を取り出した。

覗き込んでみれば、それは時々、街中で見かけるような張り紙だ。『迷子の犬を探しています』という見出しの下に、柴犬の写真がカラーで印刷。さらに性別や大きさといった特徴、見つけた時の連絡先も、列挙されている。

「これ、君が作ったの？」

眞由美に聞かれて、「はい」と遠慮がちに頷く創。

「よく出来ているわね。ちゃんとシレ君の特徴が伝わってくる」

今にも頭を撫でんばかりに褒められて、少年はモジモジ俯いた。

眞由美の態度は穏やかで、さながら保育士か学校の先生だ。さっきまで翻弄されていた正太郎ですら、本当は優しい人なのではないかと思えてくる。

きっと相手の人柄を瞬時に見極め、適切な対応を出来る人なのだろう。

（……さすがプロだ……）

素直に感心させられた。

その間にも、眞由美は質問を重ねていく。

「逃げ出した時の状況を教えてくれる？」

「それが……その……」

何故か困ったように言いよどむ創だが、眞由美に「ん？」と柔らかく促されて、

「ええと……散歩中、近所のボス猫に吠えられて……それで驚いたみたいで、僕が持ってたリードごと、道の向こうへ走っていっちゃって……」

少年に悪いと思いつつ、正太郎は冗談みたいなその光景を想像してしまった。一方で眞由美は、巧みに内心を隠している。

「……分かったわ。私とこっちのお兄さんで、探すのを手伝ってあげる。この張り紙、私達も使うから、一枚ちょうだいね。それと連絡先のところを、探偵事務所に書き換えて良い？」

「は、はいっ！」

すがるように少年の顔が上がった。そこへブレーキをかけるように、人差し指を立てる女探偵。

「でも、必ず見つけるという約束までは出来ないの。後、探偵は仕事だから、お礼をもらわなくちゃいけないわ」

「それって幾らぐらい……でしょうか？」

「ここへ来ること、ご家族とは話した？」

「ごめんなさい……。まだです」

「じゃあ、まずは話すこと。それから、みんなで決めましょう？」

「分かりました。明日、お母さんを連れてきます！」

創はピョコンと立ち上がり、大きくお辞儀した。


少年を廊下へ送り出した後、ドアを閉めた眞由美は、「さて」と正太郎へ向き直る。

正太郎も席を立って、彼女と並んでいたところだ。女探偵との身長差はおよそ十一、二センチで、さっきよりずっと近い上目遣いに、一層ドキリとさせられる。

彼が棒立ちになったその横を、女探偵はすり抜けるように、ソファーへ戻った。

「次は君との相談ね。聞いておきたいんだけど、源元教授は一体どんなお礼を約束したの？」

「それは……」

正太郎は再び女探偵と向き合う形で腰を下ろし、学部長室でのやり取りを正直に答えた。

「うーん、手強いわね。といって、不利な情報なんて、流されたくないし……」

「そんなつもり、俺はないですよ。無事に卒業できれば十分です」

しかし、青年の甘ちゃんなセリフはスルーされる。

「こういうのはどうかしら？　お給料は既定の通り。ただし仕事がない時は、私が勉強を見てあげる。これでも一度は弁護士になった先輩だもの。君にアドバイスできることは多いはずよ」

思ったより普通の内容で、正太郎もホッとした。英雄と張り合って、妙なことを言い出すのではないかと、少し心配だったのだ。

と思ったのも束の間、妖しい付け足しが来る。

「プラス。働き次第では、大学で絶対にしてくれない、ひ・み・つのお勉強もね？」

ソファーから身を乗り出し、ローテーブルへ両手を置く眞由美。

前屈みの姿勢になると、胸の大きさは殊更に強調された。襟元では、ブラウスの第一ボタンが最初から外されており、深い谷間まで覗けそう。血が通う肌の丸みと色艶は、曇りない布地の白さが霞むほど蠱惑的だった。

正太郎は無意識に、そこを直視してしまう。すぐ我に返って顔を逸らすが、これではいやらしい見方をしたと白状するようなものだ。

頬が赤くなったのを、眞由美も見逃さなかった。

「ほぉら……若き弁護士がハニートラップに負けるなんて、まずいでしょ？　そっち方面の経験も、色々積ませてあげる。私みたいのが好みじゃなかったら、他に可愛い女の子を紹介するわ。ね、悪くない案じゃない？」

眞由美の誘う声も目線も、子供を励ます時と別人。蜜のようにネットリと五感へ絡み付く。

（この綺麗な人と……俺が!?）

正太郎は一度に体温が高まり、その熱は股間部へ殺到した。ズボンの下で、ムクムクと男根が太くなりかけ――。

だが、同時に胸を締め付けられる。

なんというか、このミステリアスながらも母性溢れる女性には――そう、下品な誘いをかけてきてほしくなかった。

理想像の押し付けだとしても、尊敬できる人生の先輩であって欲しい。

次の瞬間、青年は自分が異常に緊張する、一つの理由を閃いた。

(ひょっとして一目惚れか!? 俺はこの人を好きになってるのか!?)

異性経験が皆無の身に、眞由美の美貌は、劇薬同然だったのかもしれない。

「か……考えておきます!」

まだ、この原因が正解かどうか不明だ。

それでも混乱を払いたくて大声を張り上げると、眞由美はあっさりソファーへ座り直した。

「よしよし。それと仕事に来てもらう曜日は——」

彼女の態度は一変し、ごく普通に採用の相談をする経営者のものへ。

(からかわれたのか……?)

こんな底の知れないタイプに惹かれても、苦労が多いだけに決まっている。頭ではそう分かるのに、気持ちを切り替えられそうにない。

正太郎はドッと疲れを感じ、だが、おかげで勃ちかけた股間も鎮まった。

勤務に関する彼の要望は簡単に受け入れられ、通うのは基本的に月、水、金、土の午後か夕方からで、忙しい時は要相談と決まった。

「じゃ、書類を用意するから、目を通して記入もよろしくね。でも、せっかくだし、手伝いは今日からにしてもらおうかしら」

「え、何をするんですか……？」

一緒に仕事をするとなると、今日はまだ平静でいられないかもしれない。身構える青年へ、眞由美はサラリと言った。

「当然、さっきの子の犬探しよ」

「……え？　まだ正式に依頼を受けた訳じゃないのに？」

「探してあげるって約束なら、もうしたでしょ？　しかも逃げ出したのが、何日も前よ。のんびりはしていられないわ。どっち道、親御さんが渋ったら、お小遣い価格で受けてあげるつもりだしね」

「なら、今日のうちにそう言ってあげれば良かったじゃないですか」

あんな子供なんだし――との思いで、正太郎。

しかし、「駄目よ」眞由美は即答だった。

「これは仕事だもの。最初から特別扱いしていたら、この先に支障が出かねない。それに甘すぎるのは、あの子のためにもならないわ。……という訳で、お喋りはここまで」

ポンと両手を打ちあわせる眞由美。そういう仕草は妙にあどけない。

「探偵も、特別な犬の探し方を知ってる訳じゃないの。まずは警察と保健所へ問い合わせ。次にローカルなSNSで情報拡散。後は野呂君がやったみたいな張り紙を、範囲を広げて張っていきながら、時間の許す限り、人へ聞いて回るしかないわね」

それは思っていたより、ずっと地道な作業だった。

この日の残りは、半径数キロにわたって、めぼしい家や店で張り紙の許可をもらううちに終わった。

「……今日はこれぐらいにしておきましょう。吉尾君、初仕事、お疲れ様でした」

「いえ、これからもよろしくお願いしますっ」

外の空気を吸ううち、正太郎も雇い主の色気へ馴染めてきた。気持ちはまだ整理できないが、この調子なら、次の出勤日にはもっと自然体で振る舞えそうだ。

「……シレ、見つかるといいですよね」

夕焼け空の下を探偵事務所へ戻りつつ、しみじみと述べる青年へ、眞由美はただ曖昧な笑みを浮かべた。

小さい子供が悲しむ場面は見たくなかったが、成功率は必ずしも高くないのかもしれない。

だが、運が良かったのだろうか。

翌々日になると、庭に入ってきたシレを預かっているという電話が、探偵事務所へかかってきたのだ。

「これはまた……随分なところへ逃げ込みましたね」

連絡してきた相手――幼げな声で、井上瑠実《いのうえるみ》と名乗っていた――の許へ、眞由美と二人で出向いてみれば、そこは家というより『洋館』と呼ぶのがしっくりくる豪邸だった。

敷地は背の高い塀に囲まれ、その一角に鉄柵付きの門がある。柵の隙間は、人間では絶対に潜り込めないが、柴犬ならどうにか通れそうだ。

その門から前庭の奥へと、道が一本伸びていた。ただし、多種多様な木々に挟まれつつ、途中でカーブを描くため、奥までは確認できない。

目を上へ転じれば、屋敷の二階が見て取れる。空へ伸びあがる三角形の屋根と、石を組んで造られたバルコニー。どっちも正太郎が、二十一年の人生でお目にかかったことがない代物だ。

とはいえ、シレも遠くまで逃げていた訳ではない。創の家からここまで、山手線で三駅程度しか離れていないのだ。

門の脇、『井上』という表札の下には、クリーム色のインターホンが付けられていた。そのボタンを、眞由美はさして動じた様子もなく、気軽に押す。彼女の装いは、今日も女物のスーツだ。

程なく、スピーカーから年配の女性の声が聞こえてきた。

「どちら様でしょう？」

「先ほどお電話いただいた、玉村探偵事務所の者です」

眞由美がよそ行き用の落ち着いた口調で答えると、「少々お待ちを」と告げられる。

だが直後には、曲がりくねった道の向こうから、小さな影が飛び出してきた。

それは一人の少女だった。依頼人の創より若干年上らしく、豪邸にそぐわない、活発そうな半袖シャツと丈の短いパンツ姿。

インターホンを鳴らされる前から、正太郎達の姿を二階の窓越しに見つけて、矢のように飛び出してきたらしい。背中まである長い髪が、宙を舞うほどの駆け足である。

少女は門の前まで来るなり、急ブレーキ。鉄柵越しに、正太郎と眞由美を見上げてきた。

「あんた達が探偵事務所の人？」

つり目がちな顔立ちは、後何年かすれば、美人になるかもしれない。しかし現時点だと、生意気さが目立っていた。

というより、眉をひそめ、唇はへの字で、あからさまに客二人を怪しんでいる。

「……なんか胡散臭いわね」

はっきり口にまで出してきた。

そこで正太郎は気付く。ジロジロと無遠慮な目は、正太郎よりも眞由美へ強く向けられているのだ。――女性というのは、子供の内から、色っぽい同性に厳しめなのかもしれない。

「はじめまして、玉村探偵事務所の玉村眞由美です。こちらは助手の吉尾正太郎」

眞由美は刺々しい視線など微塵も気付いていない素振りで、にこやかに挨拶した。

併せて名刺を少女へ差し出す。

「……ふん」

仏頂面でそれを受取った少女は、最低限の礼儀を果たすように「井上瑠実よ」と名乗った。

「じゃあ、あなたが電話をくれたのね？」

「そうよ」

「シレ君を預かってるって」

「ええ」

一々、返事が素っ気なく、門を開ける気配すらない。

眞由美の方も、少し困惑気味に首を傾げた。

「ええと……シレ君に会わせてくれる？」

「条件があるわ」

ビシリと強気に瑠実。

「あたしをシレの飼い主のところまで案内して。シレを守れるヤツかどうか、あたしが確かめるから」

しかし、眞由美は温和な口ぶりながら、きっぱり答える。

「……ごめんなさい。探偵は、依頼人の個人情報を明かしちゃいけないのよ」

「！　だったら、あたしもシレに会わせてあげない！」

（……気難しい子だなぁ）

正太郎が胸中で嘆息すると、眞由美が場違いに軽く肩を叩いてきた。

「吉尾君、バトンタッチ。後は任せるわ」

「え、ええ!?」

「だって私が話しても、怒らせるだけだもの。大丈夫、大丈夫。責任は私が持つから」

「責任って、そんな簡単に……」

無責任な雇い主だ。

とはいえ、ここで押し問答を始める訳にはいかない。正太郎は身を屈めて、瑠実と目線の高さを合わせた。

「な……何よっ？」

初対面の男に顔を寄せられて、彼女も怯んだらしい。虚勢を張るように声を硬くされ、正太郎も急ぎすぎたと気付く。だが、座ったり立ったりしていたら、それこそ不審者だ。仕方なく、その姿勢のままで瑠実を見つめた。

「井上さんは、本気でシレを思いやってるんだな？」

「……そうよ！　あたしだって、シレと仲良しなんだからっ。シレの将来が心配なの！」

「でも元の飼い主がどれだけ悲しんでるかも、俺達はこの目で見てるんだ。その子のもとへ、早くシレを連れて行ってあげたい。……俺達にシレを任せてくれないか？」

「嫌よ！　全然答えになってないじゃない！」

ますます苛立つ少女。どうやら言葉だけでは、どんなに頑張っても逆効果らしい。

正太郎は必死に頭を回転させた。創の身元を明かさず、シレが幸せになれると納得してもらうには――。

「なら、こういうのはどうだ？　井上さんが満足するまで、俺が定期的にシレの写真を撮って、見せに来る。それで元気がなくなってると分かったら、俺も井上さんに味方する」

所長から丸投げされたのだ。素人が思い付くやり方でいくしかない。

「そんな適当なこと言っても、あたしは騙されな――」

「約束するよ」

「っ……」

本気だから、声には力が籠る。

瑠実は吟味するように黙り込んだが、やがてふてくされたような態度のまま、門の掛け金を外した。

「その言葉、忘れないでよねっ」

言い放ち、先導するように元来た道を歩きだす。

正太郎も後へ続き――そこで眞由美が耳打ちしてきた。

「飼い主の了解も取らないで、思い切った約束をしちゃったわね」

詰る口調ではない。むしろ奮戦ぶりを気に入った様子だ。

だが、涼やかな声に不意打ちで鼓膜を撫でられると、純な青年は焦ってしまう。

――ひ・み・つ、のお勉強もね――そんな誘惑まで脳内再生された。

「……ま、まずかったですか？」

「いいえ。謝るのは私の方よ。君がどんな風に説得するか、ぜひ知りたかったの」

要するに、交渉力を見定めるテストだったのだろうか。

だが、気を取り直してそれを問おうとしたところで、瑠実がボソリと言った。

「ほら、あそこ」

多分、シレが逃げ込むまで『空き家』だったのだろう。洋館の裏手、少女の指差す先に、青い屋根の古ぼけた犬小屋があった。

「シレは中よ」

教えられて、正太郎は慎重に犬小屋へ近づき、中を覗き込む。

「お……」

居た。張り紙で見た通りの茶色い柴犬だ。

しかし、嗅ぎ慣れない人間の匂いで警戒したか、シレは壁へぴったり身体を付けて、威嚇するように唸りだしていた。

「……おおい、元の飼い主のところへ連れて行ってやるぞ？　だから安心して出てこーい」

宥めるように声をかけたが、むしろ唸り声は不穏に低くなる。迂闊に刺激を続けたら、逆ギレで噛みつかれかねない。

「……どうします？」

正太郎が溜息混じりに眞由美を見上げると、瑠実が遮るように胸を張った。

「ほら邪魔。どいてよ」

彼女は正太郎を押しのけて、小屋の前で身を屈める。

「平気よ、シレ。出て来なさい」

小さな手を気弱な犬へ差し伸べ、催促するように上下。と、まるで言葉が通じたように、シレはおっかなびっくり這い出てきた。

一週間足らずのうちに、両者はすっかり打ち解けたらしい。

「……驚いたな」

「すごいでしょ？　これって、あたしが飼い主のところへ連れてくしかないんじゃない？」

偉そうに鼻を鳴らした少女は、小屋の脇に立ててあった杭からリードを外して、片手に握った。一緒に行く気満々だ。

だが、女探偵も動じない。

「次は私が試してみるわ」

言って、バッグから犬用のジャーキーを取り出す。それがシレの大好物なのは、すでに飼い主の創から聞いてあった。

そうして膝を曲げてしゃがみ込めば、

「……!?」

ムッチリした太腿どころか、タイトなスカートの中まで、正太郎の位置から見えかける。

青年がギョッとたじろいでいる間に、眞由美は瑠実がやったのと似たリズムで、ジャーキーを振り始めた。

「シレ君っ、おいでおいでっ」

呼び声はハキハキと明るく、正太郎よりずっと犬の扱いが得意そうだ。

「ふん。そんなものにシレは——」

対抗心むき出しで瑠実も言いかけるのだが、当のシレは逡巡するような間を置いた後、女探偵へ慎重に近づく。そしてジャーキーをパクリ。

すかさず眞由美が梳《す》くように毛並を撫でると、安心できたのか、地面へお腹を付けて、肉をのんびり味わいだした。

瑠実は友達に裏切られた気がしたらしい。

「くっ……わ、分かったわよ！　だったら早く連れてっちゃえばいいじゃないっ！」

大声で怒鳴るや、女探偵が呼び止めようとするのも無視して、屋敷の表の方へ走っていってしまった。

顔を伏せていたのは、悔し涙を隠すためかもしれない。

「どうしましょうか？」

正太郎は、自分が悪者みたいに思えてくる。このまま終わらせるのは、後味が悪かった。

眞由美も少し反省気味で、

「屋敷の人には挨拶しないといけないわね。でも、井上さんは無理に呼んでも、ヤブヘビになりそうだわ。後で改めてお礼に来ましょう」

「……それが無難かもしれませんね」

ひとまず、シレと創を引き合わせる方を優先することになった。

野呂創の家は、建てられて間がなさそうな、小さい一戸建てだった。

そしてシレを見るなり、創は幼い顔を嬉し泣きでクシャクシャにして、大事な家族へ抱きつく。頬ずりまでする。

「良かった！　シレ、お帰り！　お帰り！　もう迷子になんてさせないからねっ！」

最初は驚いて身を捩りかけたシレも、すぐ懐かしい匂いで安堵したように、短く丸まった尻尾を振りだす。

「親切な人が、シレ君を見つけて世話してくれていたのよ。それでね……」

瑠実の身元を伏せたままで事情を説明すると、創と彼の母親も、写真撮影の許可を出してくれた。

そんな訳で、少女との間にしこりは残ってしまったものの、正太郎にとっての初仕事は、どうにか成功に終わったのである。

「めでたしめでたし、ですね」

探偵事務所に戻った青年は、ボロソファーに片手を置きながら、満足感を噛みしめた。

眞由美の方も、肩の荷が下りた雰囲気だ。

そんな彼女へ、正太郎は先ほど中途半端になった問いを、もう一度したくなる。

「所長はさっき、俺がどんな説得するか知りたかったって言いましたよね。あれ、採用試験みたいなものだったんですか？」

するど眞由美は静かに首を横へ振り、

「違うわ。君なら真っ直ぐな答えを出しそうって、私、勝手に期待していたの」

「……はい？」

どうしてそこまで買ってくれたのだろう。雇われて、実質まだ二日目なのに。そもそも、最初はスパイとしてここへ来たのだ。

疑問が顔へ出やすい青年に、眞由美は微苦笑を浮かべた。

「自覚がないのね、吉尾君。私が君を雇った決め手は、その真っ直ぐさなのよ」

「えっ？」

「ふふっ。犬を探してって依頼が来た時、君はね……」

一歩、二歩と距離を詰めてから、女探偵が照れくさそうに見上げてくる。

「会ったばかりの男の子を助けたくてしょうがないって、そういう顔をしていたんだから」

ものすごく恥ずかしいことを言われた気がして、正太郎は頭へ血が上った。頬の熱は面接時さえ軽く超え、立っていたらよろけそうだ。

そのタイミングで、眞由美から囁かれた。

「私、君には真っ直ぐなままの弁護士へ育ってほしい。だからこそ……異性に対処するための指導、私にさせてくれないかしら？」

「ぁ……う……えっ……」

「どう、かしら？」

衝動的に口を開けたところで、さらに身を寄せられて。とうとう正太郎は首を縦に振ってしまった。

自分がどう動いたか悟ったのは、一呼吸置いた後だ。

ますます全身が火照ってくるものの、取り消す気にはなれなかった。

恋愛感情とは別ベクトルだが、眞由美は自分を認めてくれている。その上で求められたのだと思うと、最初に迫られた時のような胸の痛みを感じない。

そして断言できる。やはり自分は、この年齢不詳の美女に一目惚れしていたのだ。

「じゃあ吉尾君、ソファーに座って？」

「何を……するんですか？」

聞く間にも期待と緊張が高まる。

「それは座ってからのお楽しみ」

教えてもらえないことに歯痒さを覚えながらも、青年はつまずきそうな足取りで指示に従った。

その間に眞由美は、事務所のドアに『外出中』のプレートを掛けて、施錠も済ませた。青年の前に戻り、ローテーブルの位置をずらして場所を開けると、ストッキングに包まれた両膝を、床へ降ろす。

「……誰かにここを触られたことって、ある？」

彼女がそっと白魚のような指を置いたのは、正太郎のズボンのど真ん中。下では早くもペニスが半勃ちとなっていた。

布地に出来た膨らみは、すでにごまかしようがないほど大きい。感度も上がって、そっと触られるだけで、神経へ鈍い痺れが割り込んできた。

「うっ⁉」

正太郎は身を硬くしてしまう。強張った首を横へ振れば、

「ふふ、思った通り。すごく初々しいものね……」

眞由美は赤らみかけた目元を淫靡に細め、指先を微かに走らせ始めた。まるで刷毛

でイタズラしてくるかのようだ。

「こういうの、気持ちいい？」

二つ目の問い掛けに、青年はぎこちない首肯。口を開けば、みっともない呼吸音が漏れそうで、息も半ば止めている。

バイト青年の純情さに、眞由美も気を良くしたらしい。

「本当に可愛い……。ふふっ、免疫を付けるためだもの。ちょっと大胆な責め方も試してみるわね？」

その予告に、正太郎は頭を殴られた気がした。

真面目な彼も、オナニーぐらいやっている。扱く気持ち良さは、よく知っていた。

だが、眞由美の愛撫はささやかな動き方でありながら、絶頂へ向かう彼の手つきより、さらに存在感がある。

膨らみの外縁を軽くなぞったり。玉袋の上で指の腹を滑らせたり。この時点で、蕩けそうにくすぐったいのだ。

——所長ほど美人で色っぽければ、男性経験も豊富なのだろう。

淡い切なさが、正太郎の中に浮かびかけた。だが、心地よさは脳内まで揺さぶって、とてもまとまった形を保てない。

肉竿もさらに膨らもうとしていた。ズボンとボクサーパンツ、二重の衣服に押さえ込まれて、根元から捩れそうだ。

ペニスの角度を正したくて、正太郎は咄嗟に尻を前後へ滑らせた。

それを察したのか、眞由美がいとも無造作に、ズボンのファスナーを降ろす。

ジーッと金属の擦れる音。同時に股間部が軽くなった。

「う、ぁっ……！」

正太郎も隠しておきたかった呻きを、情けなく漏らしてしまう。

恥ずかしかった。股間部をさらけだすのも、声を聞かれたのも。

そのくせ、男性器は拘束されていた分を取り戻すかの如く、一気に肥大化だ。

さらに眞由美は、青年のベルトのバックルとズボンのホックも、躊躇なく外していった。

残るボクサーパンツは、伸縮性を発揮して肉幹に密着している。対する亀頭も最大サイズとなり、ゴムが縫い込まれた下着の縁を、グイッと持ち上げようとしていた。

鎌首のような輪郭までが、すでにくっきりだ。

そんなグロテスクな部分を、眞由美はたおやかな人差し指で、ツンツン突き始める。

「は、う、うっ!?」

もはや正太郎は、唸るのを止めきれない。

ズボンがどいたために接触はより鮮明だし、絶妙な力加減も変わらず。指の腹がぶつかるたび、ペニスは小刻みに痙攣し、それを見下ろす眞由美は、さながらお気に入りの玩具を見つけた牝猫だ。

「……思っていたより、ずっと大きいのね……」

「所長、そろそろ教えてください……っ。どこまでやるんですかっ……？」

羞恥を堪え、かすれ声で問う正太郎。このままでは下着を穿いたまま、指戯だけで精液をまき散らしかねない。

現に鈴口は緩み始めて、布地にジンワリと我慢汁の染みを作っていた。

なのに、眞由美はまだ教えてくれない。ボクサーパンツの縁を持ち上げて、いっぺんに足の付け根までズリ下げる。

「うあっ⁉」

青年の股座を隠す物は、皆無となった。

出てきたペニスは特大サイズ。反っくり返った竿は、ゴツゴツ節くれだって、絡まる血管の太さまでが逞しい。

亀頭は丸々と先端に至るまで太いし、左右に張り出すカリ首は、矢の返しと似た危険な形。根元では、陰毛がモジャモジャと捩れ合っている。

「ぁ、ふっ……」

巧みに責めていたはずの眞由美までが、気圧されたように息を飲んだ。もっとも、彼女はすぐに調子を取り戻し、遅れていた答えを吐き出す。

「どこまでやるかって……ふふっ、君がイクまでよ。それと……」

腹の方へ倒れていた肉幹を、眞由美は唐突に、右手で掴んで引き起こした。ここまでの焦らすような接触と違う、荒っぽい動き。瑞々しく張った指と掌も密着させてきて、青年の中に蟠《わだかま》っていた悩ましさを、凶暴な疼きへ激変させる。

「くぅうっ⁉」

正太郎は腰周りを硬くしてしまう。ただし、四肢の踏ん張りは全然利かず、ソファーからずり落ちかけた。そこへ眞由美の誘いの続きが飛んでくる。

「正太郎君、エッチしている時は、相手を名前で呼ばなきゃ……ね？」

「は、い……！　眞由美さん！」

「よく言えました」

正太郎が応じれば、ご褒美さながら、眞由美も肉棒を扱き始める。しかし指先だけでさえ、危険な快楽は量産されたのだ。筒状になった手が上下した刹那、正太郎は高圧電流でも流されたように、神経が痺れた。

「うあっ⁉　あぁうっ⁉」

「しばらくはイカずに頑張ってね。スパイに失敗しちゃった正太郎君？」

まるでこれは拷問に耐えるお勉強でもあるのだとばかり、女探偵は言葉で意地悪く嬲ってくる。

手コキは次第にスピードアップ。それを手伝うように、スベスベしていた掌へ、我慢汁が纏わりついていく。音はブチュブチュと粘っこく、感触の卑猥さもうなぎ上りだ。しかも。

「やだ……ヌルッて滑っちゃいそうよ……」

逃がすまいと言いたげに、握る力まで強まった。おかげで竿の全方位から、重みが加わる。

眞由美の手は下まで行くと、牡肉の表面を張りつめさせて、痛いほどの疼きを練り込んだ。

上った時にはエラへ衝突し、火花が散るような肉悦を生んだ。

さらに何度か止まっては、極太の竿を揉む動き。ピストンで刺激が切り替わるのも強烈だが、一つの場所に留まられると、快感は同じ形のまま強まっていく。

「あ、う、くぐぅっ⁉」

入り乱れる官能の渦に、もはや何をされているかも分からなくなりそうな正太郎だった。

彼はのけぞりながら、唇のみならず、目も閉じる。ソファーの上で、両手を握り拳に変える。

ここまでしなければ、射精を防ぎきれないのだ。まだ扱かれ始めて、二分かそこらなのに。

とはいえ、耳までは塞ぎきれない。

「ふふっ。優しかったお兄さんが、おちんちんにこんなことされてるなんて……野呂君も井上さんも、夢にも思わないわよね？」

「う、ぎっ⁉」

「あはっ、おちんちんが大きく跳ねたわよ、正太郎君？」

正太郎は歯を食いしばりながら、首を横へ振る。なのに、眞由美も容赦ない。

「ほら負けないで、正太郎君っ。これはお勉強なんだから、まだまだイッちゃ駄目なのよ？」

手コキに捻る動きまで加えてくる彼女。竿の皮が捩れれば、まるで着火するかのように、芯への刺激も倍加する。

正太郎は汗をかきながら、今にも昇って来かねない精液を、尿道の奥へ押し込もうと踏ん張った。

しかし、もう長く続くとは思えない。切迫感は凶悪で、心臓を破裂させてしまいそう。

むしろ、無理にイクまいと足掻くせいで、限界以上の子種が集まってきた。達する瞬間、果たしてどれほどの快楽が突き抜けていくのか。それなりに度胸がある彼も、空恐ろしくなる。

だが、眞由美は意地悪な責め役に徹するつもりらしかった。

「駄目よ、駄ぁ目。もうちょっとだけ頑張ってみて？」

右手をそのままに言いながら、隣へ腰かけてくる。

女体でソファーがたわめば、正太郎もそちらへ傾きかけた。視覚を封じている彼にとっては、美女の体温が鮮烈だ。

さらに女探偵は、青年が着ていた半袖シャツのボタンを、左手だけで器用に外し始める。

「待って、ください……」

「うふふ……却下。正太郎君をもっとあられもない格好にしてあげる……」

なすすべもなく服が乱されていった。

そして半袖シャツを開き切った眞由美は、下着のシャツまでたくし上げてしまう。

「あ、女の子みたいに乳首が勃ってるのね……。見た目は逞しい男の子なのに」

羞恥を煽るセリフを吐くや、顔を胸板へ降ろしてきて――。

「んむっ、んぅえろ……っ」

新たに開始されたのは、痴女のような乳首舐めだった。

掌と違い、舌先はヌルヌル濡れながら、淫靡にザラついている。これをのたくらせ、ヤスリのようにも使うから、転がされた乳首へは過剰な痺れが殺到した。しかも五秒、十秒と継続される。

「う、ぎ、くぅうぅっ⁉」

ペニスがここまで感じることすら知らなかった初心な青年なのだ。乳首舐めの感触は、正しく衝撃だった。

今にも乳首がパンクしそう。しかし、踏みこたえようと意識をそちらへ傾ければ、途端に巨根が爆ぜかける。

眞由美は一旦顔を上げ、左手で濡れた乳首を捏ね捏ねしながら、

「正太郎君って、胸まで初々しいのね？」

「は、くおっ！」

恥辱に尿道を絞るが、舌遣いもすぐ戻ってきて、さっき以上に唾液を塗りたくっていく。

かと思えば、眞由美は艶っぽい唇で、吸引まで加えてきた。尖りきった性感帯をさらに引っ張りながら、舌による往復ビンタ。軽く叩かれるだけでも、突起の疼きは爆発的だ。

「んぇ……おっ、あぉむっ……んふぁあお……っ」

おおげさに響く籠った声は、眞由美流のオマケだろうか。さらについでとばかり、ペニスが左右へ振り回される。

上から下から、急所をピンポイントで追いつめる波状攻撃に、正太郎は声も子種も、止めきれなくなった。

「で、出る！　もう出ます！　眞由美さん……俺、限界なんですっ、すみませんっ、イクぅうっ!?」

無様に悲鳴を上げたことで、精液の質感を余計に意識してしまう。腹筋の収縮も、肉竿の底へ力を送ることになった。

ドクン！

子種が竿の途中までせり上がってきた。粘膜の道が、乱暴に押しのけられる。

本当にこれ以上は無理だ。

「出ます！　所ちょっ……うぐ、うっ……ま、眞由美さぅうんぅうっ！」

すると、いきなり眞由美の声音が変わった。

「ええ、いいわっ。んっ……初めてなのに、頑張ったわねっ。もう好きなだけ出していいの……っ。私で……イッて……っ……！」

さんざん苛めてきたくせに、ここで甘やかすセリフ。さながら飴と鞭だ。しかも彼女も本当は昂ぶっていたかのように、口調へ懇願の色を混じらせる。

青年は容易く酔わされて、最後の歯止めも消しとんだ。

「い、ク……ぅうぅっ！」

こみ上げるエクスタシーに、意識まで押しつぶされる。

そこで急に、女探偵が空いていた左手を亀頭へかぶせた。

「う、ぃぎっ⁉」

「正太郎君っ、服に飛ばしたらまずいでしょ……っ？　ほら、ここに出してっ」

精子を受け止めることが、彼女の目的らしい。しかし、右手の動きもそのままなのだ。

律動によって開閉させられる鈴口は、自然と掌で撫でくり回された。上乗せされる喜悦。牡粘膜へ焼きつく疼き。

「眞由美さんっ、それっ、それはぁおぉうっ⁉」

達しかけたところで、さらなる凄まじさのエクスタシーへ叩き上げる一押しだ。白濁も残った距離を瞬時に突っ走り、尿道を擦りながら、ビュクンッ、ビュクンッ、ビュクンッ！　砲弾さながら打ちだされて、美女の左掌へ絡まった。さらに勢い余って、指と指の隙間へも。

粘度も、栗の花に喩えられる匂いも、とことん濃密だ。もう、ちょっとやそっとでは、眞由美から離れそうにない。

だが、女探偵も肌を汚されながら、うっとり喉を鳴らしていた。

「あん……正太郎君、こんなにいっぱい出すのね……っ。んふっ、熱い……ぃ」

彼女は左手を滑らせ続ける。右手は残った液を搾りだすように、下から上へ最後の一扱き。

「ぐ、う、ぅうあ……⁉」

感度が振りきれたところへ追い討ちをかけられて、正太郎はつぶったままの目尻に、涙が浮くのを感じた。

手コキだけなのに気を失いそうで。そのくせ刺激の強さに、意識は繋ぎ止められる。

正太郎は悦楽の奔流に苛まれながら、あっという間にイカされたのを嘆くことさえ、許されなかった。


そして三分後。

「どうだったかしら。……私、悪乗りしすぎちゃった？」

眞由美が自身の両手をティッシュで拭きつつ、聞いてくる。

正太郎は即答できず、閉じたままだった瞼を上げた。

視界に入ってくるのは、白っぽい天井だ。年季の入った色合いが、目くるめく愉悦と対照的で、夢から覚めたような心地になってくる。

とはいえ、身体を動かす気にはなれない。憧れの女性を前に、ボロ負けの気分だった。

四肢を投げ出し、呼吸に胸を上下させて——。

ただし、ぼんやりと目を下半身にやったところで、気持ちが動いた。

若い肉竿は、今も屹立したままだ。先走りとザーメンで濡れ光りつつ、あっけなくイカされたことへのリベンジをしたがっているみたい。

(我ながら……無節操だよな……)

惨めさが薄れ、何だかおかしくなってくる。

考えてみれば高校時代も、柔道の試合で負けることが多かった。醜態を晒すのには慣れているはずだ。

「……いいえ」

「え?」

短く答えると、質問から間が空きすぎていたらしく、眞由美に聞き返された。

だから、身を起こして彼女に宣言する。

「俺……次の指導があれば、もっと粘るつもりです……っ」

「ふふ、男の子ね……」

眞由美が口元を緩めた。

「じゃあ、今から二戦目もやってみる?」

その提案に、正太郎も深く座り直した。

「ええ、お願いします!」

――二回目は最初と比べて、十秒ほど長続きした。

「はぁっ、はぁっ、はぁっ……ふぅぅぅ……っ！」

またも正太郎は、エクスタシーの余熱に浸りながら、天井を見る羽目になった。

やっぱりやる気だけでは、経験の差を乗り切れない。

とはいえ、ペニスは二度達してもまだ、ギンギンの力強さを残している。

それに心の準備が出来ていたためだろう。さっきのような無力感はなく、目だけを動かして、眞由美の反応を見ることが出来た。

「うぁ……」

間抜けた声が漏れてしまった。

女探偵は隣に座って、男汁にまみれた自分の両手を見下ろしている。

目線はトロンと潤み、思った以上に淫猥だ。唇も半開きで、さっきまで乳首嬲りに使っていたからか、端がヌラリと唾液で濡れていた。

彼女は青年の視線に気付いていないらしい。あやとりでもするように指を動かして、ニチャニチャ糸を引くザーメンの感触を確かめている。

「ぁあ……正太郎君の……」

何かを求めるような、上ずり声までまろび出た。まるで続けざまに精液の匂いを嗅いで、女芯へ火が点いてしまったみたいだ。

「眞由美さん……？」

思わず声を掛けると、彼女はビクッと飛び跳ねるように顔を上げる。

「あ、え、ええと……」

ソワソワ視線を彷徨わせて。それでも青年が見つめ続けると、小声で尋ねてきた。

「君のも全然小さくならないし……締めにもう一回、抜いておく？　こ、今度はアフターフォローよ。もっと甘めの雰囲気でいくから……安心して？」

「……はいっ」

口調がごまかし気味なのは気になったが、正太郎に異論がある筈もなかった。

即座に頷かれて、眞由美は再び手を拭う。そうして粘り気の取れた指先で、スーツのボタンを外し始めた。

衣服が開けば、バストの大きさも一層際立つ。白いブラウスを押しのけんばかりに丸みを描き、見るからに重たそう。

しかも眞由美はスーツの袖から腕を抜くと、ブラウスまで脱いでいった。ボタンを外す順番は上から下へ。

「正太郎君……見られていたら恥ずかしいわ」

ずっと青年をリードしてきたくせに、視線に気付くと、服の合わせ目を重ねてしまう。もしかしたら、これも『甘めの雰囲気』作りの一環なのかもしれないが、

「は、はいっ」

正太郎は急いで目を背けた。だが、衣擦れの音が耳に入ってくるので、ついつい窺いたくなる。

チラッと視線を戻せば、女探偵がブラウスの下に着けていたのは、淡い紫のブラジャーだった。レースで飾られた、アダルトながらも卑猥ではないデザインで、ひたすらデカい。青年が咄嗟に連想したのは、パンパンに張ったビーチボールだ。

ただし、上から覗く乳房の端は、ビニールなんかと比較したら申し訳ないぐらい柔らかそうだった。たぷたぷっと丸っこく、軽く触れるだけでもたわみかねない。

「ん……」

眞由美は微かに喉を鳴らしながら身を傾けて、背後へ手を回す。下着のホックまで、迷わず外してしまった。

カップがどかされれば、もう上半身を隠す物は何もない。むき出しになった色白バストは、まるできめ細かなクリームを盛り上げたように愛らしい。ブラジャーで守ら

れていた時と変わらぬ形を保っている。

それどころか。戒めから解き放たれたのを喜ぶように、一回り近くも大きくなって見えた。ずっしり重たげで、周囲へ薄く影が出来ている。

突端にある乳首は、ミルク多めのチョコレートめいた色合いだった。すでに尖りきって、下の膨らみと反対に、相当な弾力を宿していそう。

乳輪は大きめの気もするが、そもそも正太郎には、他の生身の女性と比較できる経験がない。少なくとも形は整っていて、真円に近かった。

(何をしてくれる気なんだ……!?)

ここまで脱いだ以上、手コキだけとは思えない。純情な青年は興奮と共に、慄きめいたものまで感じてしまう。

その時、眞由美が視線に気付き、甘えるように眉根を寄せた。

「恥ずかしいって言ったのに……もう……」

そっと挙げた右腕で、二つの乳頭を隠す彼女。とはいえ、巨乳全体を覆うのに、腕と手だけでは、到底足りない。むしろ、手ブラに圧されて乳房が凹み、柔らかさが存分に発揮された。青年の脳内では、たった今見たばかりの乳首も、しっかり再生される。

「眞由美……さん……」

正太郎は喘ぐが、雇い主の名を呼ぶ声が、自分のものではないみたいに、遠くから聞こえた。

眞由美の方は急かされたと解釈したようだ。嫣然と微笑んだ後、滑るようにソファーから降りて、再び青年の前に跪く。ペースも完全に戻り、隠したバストの上から、右手をどけた。

「最後は胸を使ってみるわね？　君の大きなモノ……ここで挟んであげる」

眞由美の声音は、あやすように優しい。

しかし正太郎は顔から火が出そうだった。昨日からずっと巨乳を気にしていたことを、言外に指摘された心地。

青年があたふたと脚を広げれば、眞由美は両手ですくいあげるように、巨乳の谷間を開いた。そして膝立ちのままで半歩前進。上半身も倒してきて――。

ムニュリッ。

左右から寄せた巨乳で、持ち主の腹へくっ付く寸前の極太ペニスを、危なげなく挟み込んだ。

「あ、うぅうっ!?」

正太郎の屹立は一瞬のうちに、底なしの柔らかさと温もりで埋め尽くされる。見下ろせば、バストは掌で圧《お》されるがまま、平たくひしゃげていた。側面が潰れた分は、縁がはみ出す格好だ。当人がその気になりさえすれば、どこまでも伸びそうな変形ぶりで、亀頭の丸みにも、エラの窪みにも、肉幹の硬さにも、隙間なくフィットする。外へ逃したのは、子種で白っぽく彩られる鈴口周りのみ。

見ているだけで窒息しそうなボリュームだった。

まして、押さえつけられたペニスの方は、感度を研ぎ澄まされたままなのである。エラなんて、痺れが神経の外まではみ出そう。

にもかかわらず、のぼせそうな心地よさも、青年は感じ取る。

手コキがスピード感を伴う急流下りだとすれば、こちらはまるで温かい湯船に浸っているみたい。額にも新たな汗がジンワリ浮いた。

だが、恍惚となっているのは、正太郎だけではなかった。

「ああ……すごい……精液の匂い……ん、私、こんなに近くで嗅いでる……」

眞由美までが幸せそうだ。彼女はそのまま、牡肉の硬さを堪能するように、手の力を変え始める。精液をクチュクチュとすり潰しつつ、軽く圧しては、また緩め。

小手調べのような愛撫が繰り返されて、青年を見舞う快楽に、寄せては返す変化が生まれた。

「気持ちいいです……眞由美さんの胸……」

「だったら……こういうのはどう？」

次いで眞由美が開始したのは、ピアノを弾くみたいに十指を跳ねさせる動き。弄ばれた巨乳も元に戻ろうとして、特大サイズが丸ごと波打つ。

甘美な振動は、肉幹の芯まで押し寄せた。乳肉は弾力たっぷりで、次の一瞬でどううねるかなんて、きっと眞由美にも読めないだろう。まして正太郎に予測できる訳がない。ぶつかってくる不規則な揺らぎは、振りきれそうにこそばゆかった。

「もっと、強くして、いい……？」

興奮混じりの確認に、正太郎も喘ぎながら頷いた。踏ん張り直すと、ペニスは角度を鋭くし、自分から柔肉を擦り返す。

「あ、ン……や、ぁふっ……ヤンチャなおちんちんっ……」

眞由美は両手の力を強め直した。ペニスをギュッと挟んだら、右のバストをズリッと上げる。逆に左の方は押し下げる。正太郎から見れば、肉棒を斜めに傾けさせられる格好だ。

「つぅうっ⁉」

エラの片側が疼くと同時に、反対側では亀頭を磨かれた。ザーメンの粘りがあるから、まるで粘膜を引っ張られるみたい。竿の内では、尿道のむず痒さがまた上がる。

正太郎がそれらの喜悦を飲み下そうとするうちに、今度は逆の動き方。右胸が下へ走り、左胸はカリ首を捲る。向きをそっくり入れ替える愉悦も、青年はがっつくように味わった。

「眞由美さんっ、この動き方もっ……いいです！　俺っ、もっとしてほしいっ……！」

「あふっ……喜んでもらえると……ん、張り合いが出て来るわ……っ」

求められた眞由美は、踊るようなテンポで、乳肉を交互に動かす。精液の残滓もどんどん広げられて、美乳を穢していった。そこへ新たな先走りと、互いの汗まで加わって、愛撫はじわじわペースアップだ。濡れた音も高まっていく。

「は、ん……ぁ、ぁあっ……正太郎君……はぁぁ……」

触覚を刺激されたのか、あるいは牡の匂いが好きなのか、眞由美も息遣いを荒くしてきた。

女性の感じる声なんて、正太郎は今まで生で聞いたことがない。

もっと聞きたい、大きく響かせたい――直感的な欲求に、彼は腰を上下へ揺する。

それは無意識の動きだったから、振れ幅も大きくはない。だが、貪欲さが滲み出ていた。

「ヤンっ！」

眞由美のパイズリも煽られたように変化だ。今度は左右を別々に使うのではなく、揃えて急上昇させる。

解放された竿の付け根は、いっぺんに軽くなった。ただし格段に感じやすい亀頭が、乳の谷間にすっぽり埋まる。もう鈴口も無事では済まず、蒸されたように熱くなる。

「正太郎君、もっと気持ち良くなりたいのね？」

女探偵がねちっこく笑った。

そのまま、強弱付きのマッサージ。動き自体は出だしでやったものの再現だが、今度は肉棒の切っ先に集中だ。乳肉と一緒に亀頭が歪み、張り出すエラも変形させられそうに疼いてしまう。

「あ、く、うっ……俺っ……眞由美さんにも感じてほしくて……んぐっ⁉」

言い返そうとすると、圧力はさらにきつくなった。

「焦っちゃ駄目……。今日は初めてなんだから……私に任せて、ね……？」

緩やかに思えたパイズリも、相手の気分で過激に変わる。青年へ身の丈を教え込むように、緩急は加わり続け、それに引っ張られて、精液までがざわつき始めた。

正太郎は浮き上がりそうな腰を、懸命にソファーのクッションへ押し込み続けた。子種も竿の底へ留めようと足掻く。

そこへ二つ並んだバストが、下降してきた。膨らみの谷間もフルに使われ、亀頭と竿を擦り立て、仕上げに丸みの端が、平たく歪む勢いで、陰毛の生え際へ衝突する。

「は、うっ⁉」

少年が息を吐く間に、眞由美は下を向き、泡立つ唾をトロリと垂らした。

狙いは正確で、亀頭の先を直撃だ。液にも重みが乗っており、出来上がっていた精子の膜と同化しながら、鈴口の奥まで侵す。

正太郎からすれば、唾を垂らされるという立場も、ひどくマゾヒスティックに思われた。

攻めはまだまだ終わらない。

再びカリ首を裏返しそうな勢いで、駆け上りだす眞由美。バストは特大だし、嬲られる竿の方も長いから、摩擦はたっぷりと続いた。

いや、終わらないどころか。

「あ、お、おおっ⁉」

精液の出口まで包囲しきった後は、本格的な往復が開始される。

下がって、上がって、また下がって。

乳房も卑猥に変形し、全体が下る時には肉竿へ絡まるように、谷間だけを浮かせた。昇れば、その合わせ目が内側へ巻き込まれる。しこる乳首も周囲を見回すように、ウネウネと場所を変え続けた。

一応は約束通り、動きに優しさが残っているものの、それでも射精を堪えるのは難しい。青年は竿を引き締めながら、徐々に崩れていく足元をイメージさせられる。安全な場所を探したくても、周囲はことごとくドロッとした肉悦の海だ。

逃げられない。後ちょっとで呑まれてしまう。

「ん、くっ！」

眞由美がペニスへのしかかるように、体重をかけてきた。前進した乳首は、正太郎の股座へ引っかかり、薄い皮をくすぐってくる。柔らかい奉仕の中に、少し硬いものが混じるだけでも、かなりのアクセントだった。

しかもその衝突で、眞由美も声を揺らがせている。

「ん、や……大きなおちんちん、ガチガチで……ぅンっ、正太郎君がイキそうなのを我慢してるって分かるのっ……んあ、あっ、あはぁんっ……」

男と押し合うたびに、乳首はもげてしまいそうに捩れた。上へ、次いで下へも。

彼女は意図的にそれをやっているらしい。青年を弄びつつ、ちゃっかり自分の快感まで増しているのだ。

挙句、腰のしなやかさを活用し、横向きの動きまで。引っこ抜くように肉幹を揺さぶりながら、汗ばむ裸の肩も、スカートに包まれたままの尻も、一緒に振っていた。

「正太郎君……このまま出してっ……精液の匂い……また嗅がせてほしいのぉっ……」

いつの間にか、縦の振れ幅も増していた。昇りきった乳房は、鈴口より上で合わせ目をぴっちり閉じてから、滝の水さながらに落とされる。

牡粘膜はそれを強制的に切り開かされた。今にも燃えだしそうな擦れ合い。そこへまた糸を引きながら、唾の塊が襲来だ。ベチャリッ。

「うあっ！　あぁうっ！」

正太郎はソファーへ肩と尻を擦り付け、握り拳を震わせていた。だが決壊の時はどんどん近づく。

「出ます！　くあっ！　お、俺……もうイキますっ！」

「うんっ、出してっ！　私を汚してぇえっ！」

眞由美はとどめを刺すように、顔を亀頭へ伏せてきた。ちょうど出てきた粘液まみ

れの鈴口へ唇を密着させると、肉竿をストロー代わりに、

「んぶっ、ずずぅうっ！　じゅずずずぅううっ！」

空気を響かせながら、思い切り吸い上げてきた。

「んぎ、ぃぉおおぉおっ⁉」

荒れ狂う愉悦と混乱に、正太郎は脳天を揺すられる。

吸い付く粘膜は、手とも乳房とも違う、第三の感触だ。

何より、眞由美が麗しい唇を、ここまで卑猥に使うのが驚きで。

過度の喜悦によって、白い濁流も肉竿を一気に遡った。三回目とは思えない勢いで体内粘膜をなぞったら、狭められていた眞由美の口へ突進していく。

「んっ、ぷぶっ⁉　ひうぅうっ⁉」

あまりの量に、眞由美でさえ驚いたらしい。肢体をビクッとわななかせ、強張る両手でバストへ急激な圧迫をかける。

それに煽られ、巨根も最後の一打ち。逃げるように浮きかけていた眞由美の唇へ、グチャッとスペルマをへばりつかせた。

「はっ……はっ……はぁあっ……」

「ん、ふ……は、はぁあ……っ、ぅ、ぇ……ぁぁあ……」

今や、探偵事務所内には生臭さが立ち込めて、響くのは荒い息遣いのみだ。眞由美もかなりの気力を使ったようで、床へへたり込んでしまう。だが、弛緩した空気の中で尚——ペニスだけは頑丈な柱の如く、隆々とそそり立ち続けていた。

成り行きによっては、第四ラウンドも余裕でイケそうだった。

面接を受けたのが月曜日。手コキとパイズリは水曜日。

正太郎の三度目の出勤は、金曜日だった。

この二日間、青年はずっとソワソワし通しで、友人からも不審がられてしまった。今までストイックだった分、反動は大きい。ことあるごとに眞由美の顔が目の前でチラつく。

講義が終わるのも待ち遠しくて、午後はわき目もふらずに、大学から雑居ビルへ直行した。階段を上がる時になると、ほとんど駆け足だ。

しかし、正太郎だって分かっていた。眞由美には雇われているだけで、手コキもパイズリも、学部長への変則的な口止めに過ぎない。

だから事務所前に着くと、敢えてドアノブを握らず、大きく深呼吸をする。鼓動が普段の調子に戻るまで、一分近く待った。

「…………」

――そろそろいいだろう。正太郎はごく普通のバイト青年の顔を作って、ドアを押し開ける。

「おはようございますっ」

「はい、おはよ。今日も元気ね、吉尾君」

眞由美が所長の机の向こうから、余裕ある笑みを返してくる。呼び方も『吉尾君』に戻っていた。

極めて常識的な態度。正太郎も自分の判断が正しかったのだと確信する。

そこで眞由美は席を立ち、一歩一歩近づいてきた。

(え？　お、落ち着け、落ち着け……！)

念じる青年に、女探偵は一枚のメモを差し出して、

「君の携帯の番号を教えてほしいって、井上さんから電話があったの。これはあの子の番号ね？」

「は、はあ」

「本当に良かったわ。恨まれたままで終わらなくて」

確かにその危険は高かっただろう。しかし正太郎は安心する以上に、眞由美との近い距離でドギマギしてしまう。

そこへにこやかに次の言葉。

「今日はストーカー対策の依頼が入っているのよ。気を引き締めていきましょうね、吉尾君」

「っ……はいっ！」

内心の浮つきを見抜かれたようで恥ずかしく、正太郎は直立不動の姿勢を取った。

そんな彼だから――。

眞由美が一回だけ切なげに息を吐きかけたことにも、椅子へ戻る寸前、頬がほんのり赤らんでいたことにも――全く気付けなかったのである。

第二章　幽霊事件と童貞卒業

正太郎が眞由美の下で働くようになって、さらに一週間が過ぎた。

これだけ時間を重ねれば、所長の色香で狼狽える頻度は減ってくる。仕事を手伝っている間も、胸にこみ上げるものが『先輩への憧れ』だと、自身で納得できるまでになる。

何せ眞由美は、明らかに身勝手と分かる客――たとえば自分が先に不倫しておきながら、離婚を有利に進めたくて配偶者の粗探しをするような――はやんわり帰してしまう。

一方、心から助けを求める人は、決して見捨てない。

エッチな『勉強』は一回きりで終わっていたが、それで良いのだろう。

（ああいうのは、俺にはまだ早すぎたんだ。せめて、もっと立派になってからじゃないとな……）

まあ、正太郎も若い男子だ。生真面目な心根と裏腹に、オナニーは頻繁にやってしまうのだが。

そして二度目の金曜日。青年が事務所のドアを開ければ、女探偵はデスクトップタイプのパソコンを使っている最中だった。

「あら早いのね、吉尾君。今日は少しの間、私が法律の勉強を見ましょうか？　恥ずかしながら、まとまった依頼が入ってきていないのよ」

最後の付け足しは、ちょっとおどけた口調だ。

「え、いいんですか？」

「遠慮しないで。元々そういう約束だったじゃない」

依頼が一つもない日は、正太郎の目にも珍しかった。眞由美が積み上げてきた信用は、男女問わずに広がり続け、知り合いから紹介され、あるいは口コミで相談に来る客も、結構多いのである。

ともあれ、惑いが薄れてきた今なら、眞由美を近くに感じられることは、純粋に嬉しかった。成長の意欲へも、弾みを付けられるに違いない。

「じゃあお願いします。俺、お茶を淹れてきますよ」

バッグを肩から降ろし、正太郎は軽い足取りで給湯室へ向かう。

だが、この数分後。

惑いが減ったなんて、単なる自惚れだったことを、思い知る羽目になった。

何しろ勉強となると、二人で一つのテキストを覗き込まねばならない。必然的に、スーツで包まれた女探偵の豊満な肢体は、頬が接する間際まで寄せられる。時には肩と肩、腕と腕もぶつかる。

「この時の決め手になったのは、似た事例で、すでに最高裁の判決が出ていたことね。ええと……昭和四十年だったかしら」

「確認してみます。……あ、ああ、所長の言うとおりでした」

美女の香りを嗅ぎ、体温を感じ続け、一時間も経つ頃には、正太郎は眩暈を起こしかけていた。

それでも一応、平静を装えていたつもりなのだが――。

「吉尾君……弁護士でも探偵でも、ポーカーフェイスは必要よ？」

重要箇所の説明が終わったところで、にこやかに注意されてしまった。

「……精進します」

項垂れたくなる正太郎だ。自分が未熟で、未だ所長と釣り合わないことを、再確認させられた。

それにしても――。

「所長は内心を隠すまでもなく、常に堂々としてますよね。俺も早く見習いたいです」

途端に眞由美は、心外だと言いたげに小首を傾げる。

「あら、私だって日々迷いを隠して過ごしてるのよ？　世の中の大人のほとんどは、似たようなものじゃないかしら」

「……そうなんですか？」

「まあ、吉尾君が落ち着けないのは、秘密の『勉強』が半端なところで止まっているせいかもしれないわね。君さえ良ければ、今度続きをやりましょう？」

「え、ぅ、えっ⁉」

目を瞬かせてしまう。

対する眞由美は微笑みつつも、顔を逸らそうとしなかった。だから、本気だと分かる。

（ま、また、あんなことを……っ⁉）

時期尚早と自分へ言い聞かせていたはずなのに、期待で胸が高鳴った。

その時だ。煩悩を叱るように、ポケットの中のスマホが振動を始める。

「いっ⁉」

不意を打たれたため、バイブレーションは全身へ響くよう。手を滑らせそうになりながらも、取り出して画面を見れば、犬探しで知り合った洋館の少女、井上瑠実からだった。

「ちょ、ちょっと失礼します……！」

雇い主に断って電話へ出ると、強気な声が聞こえてくる。

『正太郎よね？　シレの写真だけど、明日持ってこられる？』

「あ、あああっ……うんっ、瑠実の都合のいい時間で大丈夫だ……っ」

少女に合わせて、最近では正太郎も、相手の名前を呼ぶようになっていた。

そして写真ならば、先週末に野呂家を訪ねて、バッチリ撮ってある。

「じゃ、よろしく。……後、そこにアイツもいるんでしょ？　替わってよ」

「……あいつ？」

「鈍いわね。例の嫌味な女よ」

ここまで敵意をむき出しにしておいて、どんな用件なのだろう。

正太郎は警戒したが、ともかくスマホを眞由美へ渡した。

「……所長にも用があるそうです」

「そうなの？」

眞由美はスマホを耳に当て、何事か話し始めた。といっても、主に喋るのは瑠実の方で、女探偵は相槌ばかり。間もなく通話が終わり、スマホは青年へ返された。

「頼みがあるから、明日は私にも来てほしいんですって」

「……何事でしょうね？」

さすがにもう、顔の火照りも引いている。怪訝に思う青年へ、眞由美は混じりっ気なしの笑顔を見せた。

「内容は教えてくれなかったけれど……でも井上さんとは、今度こそ仲良しになりたいわ」

多分、瑠実は電話でもケンカ腰だったろう。なのに眞由美は、頼られたことを素直に喜んでいる。

野呂創と接する際も、歳の離れた姉さながらに親身だったし——とても子供好きな人なのかもしれない。


「……うちに幽霊が出たのよ」

翌日、シレの写真を確認した後で、瑠実は顔をしかめながら言ってきた。

もっとも、怖がっているというより、気持ち悪がっている様子だ。

眞由美もソファーに座ったまま、姿勢を正した。

「詳しく聞かせてくれる？」

「当たり前でしょ。そのために呼んだんだから」

相変わらず、女探偵へ突っかかりながらも、瑠実は語り始める。

木曜――つまり正太郎へ電話してきた前の日のこと。

真夜中にトイレで用を足した彼女は、部屋へ戻りかけたところで、一人の怪しい女を見かけたそうだ。女は白いゆったりしたドレス姿で、階段をフラフラ降りていたという。

「井上さんは二階にいたのね？」

「そうよ。トイレもあたしの部屋も、二階にあるの。トイレは階段の脇ね。で、女は後ろ姿だけで顔が見えなかったけど、絶対にこの家の人間じゃなかったわ。これ、おかしいでしょっ？」

「そうね……。この家には誰が暮らしているの？」

「あたしとパパ、他に住み込みのお手伝いが一人よ。昼は通いの家政婦もいるわね。同情されたくないから先に言っておくと、お母さんは、あたしが小さい時に死んじゃったわ」

色々な意味で、正太郎とは縁遠い家族構成だ。

ともあれ、瑠実がこっそり尾《つ》けると、女は書斎へ入っていった。瑠実も二、三分ばかり迷ったが、意を決してドアを僅かに開け、隙間から中を覗いた。すると——。

「書斎は真っ暗。窓にも鍵が掛かってたのに、女がいないの！」

驚いた瑠実は電気を点けて、書斎をよく調べたが、それでも女は見つからない。

「で、二階に戻ってパパの部屋へ行ったら、寝ぼけたんだろうって馬鹿にされて……。朝になってお手伝い達へも話したけど、適当に流されちゃったのよっ……。絶対、変な女が忍び込んできてたのに！」

だんだんムキになってくる少女に、正太郎は野呂創の依頼を思い出した。

頼れる大人が近くに見つからない点で、瑠実も彼とよく似ている。だからこそ、眞由美へ声を掛けるしかなかったに違いない。

そして、たった二週間の付き合いでも、正太郎には分かっていた。眞由美は本気で助けを求めてきた相手を見捨てない人だ。

（といっても……）

室内を見回す。

彼らが今いるのは、正しく問題の書斎。

唯一の入口は分厚い木製ドアで、入ると正面に立派な机がある。机の後ろには、大きなガラス窓。カーテンも付いているが、瑠実が鍵を確認したなら、人が隠れていられたはずはない。

　廊下と繋がるドアから見て、右手の壁は丸ごと作り付けの本棚となっていた。左の壁は寄木細工風の意匠が施され、絵画が二枚、一メートルほどの間隔を置いて飾ってある。壁の向こうは、どちらも別の部屋になっているはずだ。

（ドアと窓の他に、出入り口はなし……か）

　いわゆる密室というヤツだろうか。

　正太郎達は、机と距離を取って置かれたソファーに座っていた。足元には、ワインレッドの厚い絨毯。どっちも嘘みたいにフカフカだ。

「お、そうだ。女は机かソファーの陰に隠れてたんじゃないか？　で、瑠実の注意が他へ逸れている間に、廊下へ逃げたとか」

「あたし、ここへ入ってすぐドアを閉めたのよ。外に出ようとすれば、音がしたはずよ」

「……所長はどう思いますか？」

　尋ねてみると眞由美は――依頼人を見捨てないはずの女探偵は――何故か目を泳がせかけていた。

「…………まだ何とも言えないわね。でも、家の中のことだもの。井上さんのお父さんの許可をもらってからじゃないと、詳しく調べるわけには、いかないわ……」

望まぬ決断を下すみたいで、申し訳なさそうな横顔だ。

（どうしたんだ？）

正太郎は首を捻りたくなるが、微細な変化が瑠実には分からない。

「駄目よ！　パパはあたしのこと、信じてくれてないもの。あんたが会おうとしたって、帰しちゃうに決まってる！」

目に薄く涙まで浮かびかけていた。親が話を聞いてくれなくて堪えているのか。あるいは強がっていただけで、本当は幽霊が怖いのか――。

「どうして誰も信じてくれないのよ！　あたしはちゃんと見たのにっ！」

もはや悲痛とさえいえる叫び。

それでもまだ、女探偵は首を縦に振るのを躊躇っている。

（もしかしたら……）

正太郎は考えてみた。

眞由美は『プロである以上、タダ働きは駄目』という自分のルールに縛られているのかもしれない。

しかし、瑠実と仲直りできそうだと喜んでいたのも、他ならぬ眞由美なのだ。

「……あの、少しぐらい調べてやってもいいんじゃないでしょうか？」

出来るだけ控えめに口を出す。

「よ、吉尾君……」

「不審者が簡単に忍び込める方法があるとしたら、放っておけないじゃないですか」

二人がかりで言われ、さらに眼差しでも訴えられて、ようやく眞由美も折れた。

「なら…………本当にちょっとだけ、ね？」

彼女は室内を見回す。そしてソファーから立ち、絵が飾られている左側の壁へ近づいた。何度か立つ位置を変えたり、しゃがんだりしながら、あちこちにノックして──。

（……？）

正太郎には意味不明の行動だ。ともかく、美脚が曲がるたび、大きめヒップへスカートの張りつく様は、かなり目のやり場に困る。

やがてそっと頷いてから、女探偵が振り返った。

「この壁の下の方、隣の部屋とは別に、狭い空洞があるみたい。機械仕掛けで開くんじゃないかしら」

「え、えっ？　隠し通路でもあるんですか⁉」

立ち上がってからここまで、一分とちょっとだ。

流れがスムーズすぎて、正太郎でさえ、適当に少女へ話を合わせているのではないかと、疑いかけてしまった。

だが、眞由美はごく当たり前のように応じる。

「多分そうね」

一方、瑠実は呆然としつつも、素直に信じているらしかった。

「こ、この家……売り家だったのよ。パパが気に入って、四年前に引っ越してきたから……」

「お父さんへ伝わらなかった、秘密の仕掛けがあるかもしれないのね？」

コクリ。女探偵へ頷いた後、少女は不思議そうに聞き返した。

「でも、どうしてこんな簡単に分かったのよ？」

「わざわざ小説みたいなトリックを考える必要はないもの。凝った造りのお屋敷だし、ドアと窓が駄目なら、隠し通路があったりしてって思ったの。井上さんが覗くまでの二、三分間で開け閉めしやすい場所といったら、一番はこの壁だわ。寄木細工風の模様を使えば、継ぎ目も隠せるでしょうし……。最初から大当たりね」

言われてみれば他の壁は、中身が詰まった本棚で塞がれているか、廊下に面しているか、あるいは鍵のかかったガラス窓になっているか。床は切れ目のない絨毯が覆っている。

「…………あ、あんたって凄いヤツだったのね。嫌な性格だけど……っ」

父親でさえ相手にしてくれなかった話を受け止め、隠し部屋らしいものをあっさり見つけた女探偵を、瑠実も多少は見直す気になったらしい。

しかし、眞由美は苦笑いを見せる。

「どういたしまして。でも、今はここまでね？　後の行動は、井上さんのお父さんと相談してから決めるわ」

「えっ？　開け方は？　パパは仕事の打ち合わせで夕方まで帰ってこないのよ？」

矢継ぎ早に質問されるが、女探偵は困ったような笑みを浮かべるのみだ。

正太郎は二度目の横槍を入れてしまう。

「……所長、俺達が帰った後、こいつが一人で隠し部屋を探したら、色々危ないと思いますが……」

「む。こいつ呼ばわりしないでよ！　失礼ね！」

この負けん気の強さだ。やるに違いない。

眞由美も同じことを感じたのだろう。溜息混じりに言った。

「分かったわ。それじゃ入口を開けるスイッチを探しましょうか。ただし見つかっても、隠し通路へ入るのは私だけよ？　いいわね？」

正太郎と瑠実は揃って頷いた。


それから全員で書斎を調べにかかった。スイッチは小さいかもしれないので、本をどかして棚の奥までチェックしなければならない。それについては、正太郎と瑠実が引き受けた。

「にしても、ジャンルがすごいな」

百科事典や専門書から、アイドルの水着写真集や洋楽のスコアまで揃っている。

「瑠実の親父さんって、なにやってるんだ？」

「映画監督よ。……井上平吉《へいきち》って知らない？　最近だと『猟奇探偵』ってのを撮ってるんだけど。その前は『悪魔召喚娘』とか『殺戮のチェーンソー教師』とか」

「そ、そうか」

どれも娘の情操教育に良くなさそうなタイトルだ。加えて、正太郎は全く聞いたことがなかった。

微妙に気まずく、彼は引っ張り出したばかりの本を、パラパラめくってみる。

「いかにも大昔の本だな……」

探偵が主役の児童書みたいだが、表紙絵がおどろおどろしい。ずっと昔、縁日で見かけたお化け屋敷の看板と似ている。奥付によれば、初版は昭和三十五年だ。

それを瑠実が脇から覗いてくる。

「興味ある？　だったら貸してあげるわよ。古い本だけど、結構面白いんだからっ」

「いや、最近は大学のテキストと資料で手一杯なんだ。次の機会にするよ。俺の親父とか爺さんに見せたら、懐かしがるかもしれないけどな」

そこで何気なく眞由美を見れば、彼女は手を休めて苦笑している。

「所長……どうしたんです？」

「その本、私も好きだったのよ。子供達の調査チームから『先生』なんて慕われる私立探偵が、すごくかっこよく思えて……今の仕事に憧れたきっかけかもしれないわね」

「え」

途端に瑠実が意地悪い顔をした。

「分かった。あんた、リアルタイムで読んでたんでしょ？」

「外れ。私もそこまでお婆ちゃんじゃないわ」

瑠実の指摘を、笑って受け流す彼女。

だが、正太郎は背中に嫌な汗をかいてしまった。直前の眞由美の微妙な表情も、脳内でリピートされる。

（これはヤバい……）

憧れの女性を、遠回しにオバサン呼ばわりしていたとは。

ぎこちなく本を元の場所に戻しかけたところで、

「お？」

棚の奥に蓋のようなものを発見した。色が棚と同じだから、うっかり見落とすところだった。

「ス、スイッチってこれじゃないか？」

「どれっ？　どれっ？」

ごまかすつもりで大きなジェスチャーをすると、瑠実も本の隙間を覗き込む。そして、止める間もなく蓋をどかし、何かをポチリと押す動作。

途端に微かなモーター音が鳴り、眞由美の叩いた壁の一部が、下へスライドし始める。十秒もしないうちに、大人がどうにかくぐれる高さの入口が出来上がった。

「急に弄るなよ。危ないだろう」

「良いじゃない、上手くいったんだから」

正太郎と瑠実が言い合う横で、眞由美は冷静に隠し通路を調べ始めている。

「中は滑り台みたいな坂になっているわね。……これ、地下への片道なのよ」

正太郎達へ聞かせつつ、スロープの上にあるスイッチを動かした。すると書斎の電気が消えて、隠し通路の方が明るくなる。

「私、下を調べてくるわ。吉尾君と井上さんはここへ居て」

「待ってくださいっ。やっぱり俺も行きます！」

正太郎は申し出た。さっきから逆らってばかりだと自覚しているが、憧れの女性を一人で訳の分からない場所へ送りたくない。瑠実も手を挙げる。

「あたしも！　ここはあたしの家なのよ。何が隠されてるか分からないなんて、気持ち悪いじゃない！」

聞き分けのない年下二人を、眞由美は少し呆れ顔で見比べ、やがて決定を下した。

「吉尾君はついてきて。でも井上さんは……自分の部屋へ戻って、そこで待っていて」

「なんで仲間外れよ⁉」

「探偵は依頼人を危険な目に遭わせてはいけないの。この隠し通路の正体は、ちゃんと後で説明するわ。だから……お願い」

眞由美はしゃがみ込んで、瑠実と顔の高さを合わせながら言い聞かせた。声音が極めて真摯なのは、生意気少女にも通じたらしい。

「……ふん、分かったわよ」

渋々とだが、そう答えてくれる。

眞由美は心底ホッとした様子だ。

「ありがとうね」

男が向けられたら、年齢関係なしに甘えたくなりそうな微笑を浮かべた後、正太郎を見上げてくる。

「さあ行きましょうか、吉尾君」

彼女の美貌は——一瞬のうちに引き締まっていた。


地下で正太郎達を待っていたのは、広くて歩きやすいコンクリート製の通路だった。そして四メートルほど先の行き止まりにドッシリした鉄扉。

スロープから出たすぐ脇には、照明用と別のボタンも付いており、押せば頭上から再度のモーター音が聞こえてきた。

多分、入口の壁が閉じたのだろう。正太郎は秘密の牢獄へ閉じ込められた気分になりかける。

しかし、眞由美の素振りは落ち着いていた。滑ったせいで乱れかけたスカートの裾をさりげなく整えつつ、

「……まるで怪盗の秘密のアジトね。さあ、行きましょうか」

「は、はい……っ」

青年も頷き、グラマラスな雇い主と一緒に、鉄扉の前へ立った。

だが扉を押し開けてみると、通路の照明が奥まで届かない。数メートル先でさえ、真っ暗闇も同然だ。

「これが明りのスイッチみたいね」

壁際を探りつつ、呟く眞由美。直後、天井でパッと蛍光灯が点き——とんでもない光景が視界へ飛び込んできた。

「う、お……!?」

そこは十二畳ぐらいの広さの部屋だった。四方は通路同様コンクリート製で、床はリノリウム敷きとなっている。

小さな机と椅子が隅にあり、反対の壁へは大きめの棚が置かれていた。さらにエアコンや小型の冷蔵庫も。

入口の向かいには、合わせ鏡さながら、もう一つの鉄扉。

それだけなら、まだ普通だったろう。

問題はインテリアである。等身大の石膏像と絵が数点ずつ飾られているのだが、揃ってどれもいかがわしいのだ。

大きなトカゲに絡まれながら、悶えるように踊る女性の像があった。

半裸の美人が、豹の仮面の男に組み敷かれている絵もあった。

他にも、巨大芋虫に首筋を舐められる熟女の像や、愛撫するように金髪少女をひじ掛けで絡め取る化け物椅子の絵など――。

しかも蛍光灯にはフィルターがかけられ、空間を退廃的なピンクに染めている。

目を凝らせば、棚に整然と飾られていたのも、新品らしい大小のアダルトグッズだ。

いわば、ここは変態博物館。

立ち尽くす青年の隣では、さすがの眞由美も言葉を失いかけていた。とはいえ、我に返ったのは、女探偵の方が先で、

「これって……井上さんにはどう説明するべきかしら……」

思案するような独り言に、正太郎の金縛りも解ける。

そうだ。こんな部屋、子供には刺激が強すぎる。瑠実ほどしっかりしていれば大丈夫かもしれないが、決めるのは彼女の親であるべきだ。

と、そこまで考えて、『幽霊』の正体も大体分かった。

部屋には電気が通り、掃除もされている。持ち主である瑠実の父が、存在を知らないはずがない。

ここは秘密の歓楽にふけるための場所なのだろう。瑠実が見たという白いドレスの幽霊は、おそらく父の愛人で――。

瑠実の母は他界しているというし、お愉しみ自体はしょうがない。だが、瑠実には一層教えづらかった。

正太郎が悩んでいる間に、眞由美はもう一つの鉄扉を開け、顔だけ出して様子を確かめる。

やがて扉をきっちり閉め直したら、部屋の入口まで戻ってきた。

「あっちには昇りの階段があるわね。多分、内緒の出口と繋がっているんじゃないかしら」

正太郎は頷いてから、念のために聞いてみた。

「ここのセッティングをしたのは、瑠実の親父さんなんですね？」

「まあ……そうでしょうね」

表情を曇らせつつ、答える眞由美。聡明な彼女にとって、それは自明のことだったらしい。要するに調査を渋ったのも、『プロのルール』へのこだわりからではなく、純粋に瑠実を思っていて――。

彼女の先見性に一層の敬意を抱かされる正太郎だが、反省もさせられた。

(俺は、所長に無理やり隠し部屋探しをさせてしまったんだ……)

だから、深く頭を下げる。

「……所長、さっきはすみませんでした」

「え?」

「俺、所長の考えも知らずに、余計な口出しばかりして……」

すると両肩へ手を置かれ、姿勢を元に戻された。

「決断したのは私よ。突っぱねることだって出来たのに、井上さんに嫌われたくなくて、失敗しちゃったの」

眞由美の口ぶりは諭すようでありながら、自分を戒めているようでもあった。

つい先日、『私も迷いを抱えている』と言われた意味が、正太郎にも分かってきた気がする。

――と思ったのも束の間、眞由美が瞳を奇妙に潤ませだした。

「でも……そうね。吉尾君が謝ってくれるなら、その優しさへ少し寄りかからせてもらおうかしら」

「はい？」

「私、失敗した分を取り戻したいの。だから後で思い切った行動を出来るように、君にも背中を押してほしいのよ。大人のやり方で……ね？」

『大人の』と思わせぶりに付く以上、意味は一つしかないだろう。

（って、この部屋でか⁉　他人の家の一部で、上では瑠実が待ってて、もう片方のドアの先も調べ終えた訳じゃないのに⁉）

理解できたと思ったら、また分からなくなる。やはり玉村眞由美は謎の人だった。

しかしこの発言にも、深い意味があるのかもしれない。

彼女を疑って後悔したばかりの正太郎だ。緊迫感ゆえの耳鳴りを覚えながらも、生唾を飲んで答えた。

「は、はい……………眞由美さんがそう言うのならっ……」

途端に理性を押しのけ、本能的な昂ぶりが湧いてくる。さらに——。

「ふふっ、良かった。真面目な正太郎君のことだし、断られるかもって思っていたのよ？」

女探偵からの呼び方も、また姓から名前へ変化。条件反射で、正太郎の股間はムクムクと肥大化を始めてしまった。

「く、お……」

短く呻いて前屈みになると、すかさず眞由美が立ったまま、ズボンのファスナーを引きおろす。

「んふ……意外にせっかちさんなのね。正太郎君はこの一週間ちょっとで、オナニーとかしちゃった？」

問い掛けながら、美女の右手は下着越しにペニスをなぞりだしている。

例の巧みな力加減に、正太郎は脚が震えそうなのを堪えながら頷いた。

「そういう時はどんなことを考えるの？　良かったら教えて？」

「それはその、最近は……眞由美さんにされたことを思い出しながら……」

「ふぅん……私、君のオカズにされちゃったのね？」

正太郎はカッと顔が熱くなった。だが彼の耳元へ、眞由美は色っぽく囁いてくる。

「実は私もなの。君との『勉強』が忘れられなくて、何度か自分でしちゃったのよ。今日は新しいことをやって、お互いのオカズの材料、増やしちゃいましょう？」

「え？　ええ？」

「こんな部屋にいるんだもの。今回はちょっとねちっこく行くから……ね？」

その詳細を問うよりも、女探偵の行動の方が早かった。

腰を落として膝立ちの姿勢となり、青年からズボンを脱がし始める彼女。ベルトとホックがいそいそ開かれ、ズボンはズズッと滑り落ちた。そして、膝に引っかかってストップだ。

すでに正太郎も下半身全体の感度が上がっており、擦られた腿に鳥肌が立つ。

しかも眞由美は、ボクサーパンツまで脚の付け根に下ろしてしまった。

「う、お……」

パイズリから間が空いたためか、股間を直視される羞恥は絶大だ。

しかしペニスの方は、持ち主の動揺をエネルギーに変え、みるみる最大サイズまで至る。

切っ先が天井を向き、それを支える太い根元も、小刻みにヒクついている。牡の匂いと共に、熱気まで立ち上らせそうだった。

「はぁあ……やっぱり大きい……」

眞由美はうっとり呟くと、宝物でも扱うように、両手を怒張へ添えてくる。肉幹の半ばに掌を、亀頭には十指を絡み付かせ、全てをバラバラに蠢かせだした。触れる力は僅かだが、前哨戦じみた快感を牡粘膜にもたらしてくれる。

続けてセクシーな唇から、濡れた舌をめいっぱい差し出して――。

顔の角度が上向きだから、見下ろす正太郎にも、彼女が目を閉じていると分かった。端を垂らしながら寄せられた眉も、この上なく悩ましい。

「んぁ……ぁあおっ……」

微睡から醒めるような声まで聞かされると、今から急所をねぶられるのだと、童貞の身でも直感できる。

だが現実感が希薄すぎた。上に超が付く美人で、頭も良い女探偵が、こんなあられもない表情で自分のものに奉仕してくれるなんて。

棒立ちのまま動けない――そんな情けない正太郎の肉幹の裏側に、ヌルい湿り気が押し当てられた。指と違って、舌は圧迫が強く、当たる範囲も相当広い。質感を十二分に感じさせる。

しかも眞由美の顔は、先端へ遡りだした。

「ぁあお……ん、むふぅうふ……」

正太郎は四肢が震えた。そのくせ、腰が前へ突き出そう。

表面がザラつく牝舌は、肉棒へ唾液を塗り付けながら、入念な摩擦までしていく。

しかも緩慢なペースのまま、裏筋に差し掛かった。

ちっぽけな溝が、竿より格段に弱いと熟知しているからだろう。愛撫はより粘っこくなって、三度四度と往復だ。

両手だってまだ動いており、張りつめた粘膜を撫でくっている。

「ま、眞由美……さん……っ」

ようやく正太郎は女探偵を呼べた。とはいえ後は、腰の両脇で手を握り、スローペースの愉悦に耐えるのがやっと。肉棒がアイスキャンディよろしく溶けていきそうな錯覚さえ抱く。

やがて眞由美は裏筋から離れ、次の場所へ矛先を変えた。

狙い撃つのはさらに上の——鈴口だ。

ザラつきが牡粘膜を擦れば、真っ先に生まれるのは痛みと似た感触だった。しかし男根の切っ先からも、透明な先走りがこぼれ始めている。痺れはすぐに粘っこい膜で和らげられ、混じりっ気なしの快感へ変化した。

眞由美も意図的に我慢汁を広げるつもりらしい。

穴の形に沿って、上へ下へとペロ、ペロ、ペロ。存分に舌先をベタつかせたら、のの字を描くように操りだす。牡の体液は亀頭へまぶされて、痺れも一緒に広がった。

「ぁあん……ん、く、ふ……んじゅっ、ぅう……」

眞由美は時折、先走りをすくい取って口内へ運ぶ。息遣いにニチャニチャいう音が混じり、巨根はいよいよ溶けかけのアイスキャンディじみてきた。

さらに女探偵の美貌は、肉棒の横へ回り込み、亀頭側面まで撫で回す。身を捻り、腰をくねらせて、唾液が垂れても、口はだらしなく開きっぱなし。牡肉を隈なく味わなければ気が済まないとでもいいたげだ。

なのに、正太郎はだんだん焦れてくる。気持ちいいのに、何かが足りなくなってきたような――。

きっと動きがいつまでも緩やかで、気持ちの昂ぶりとバランスが取れないからだ。

「ま、眞由美さん……あのっ、もっと強く……速くっ……してくれますか⁉」

つい身の程もわきまえず頼んでしまった。

対する眞由美は僅かに頷くだけで、喋ることに舌を使う間を惜しんでいる様子。ただし、リクエストにはきっちり応えてくれる。

「んぁあおっ、ん、むぅうっ！」

彼女は正面に戻り、ずっと滑らせていた両手で、男根の根元をギュッと捕まえた。急角度だった竿を自分の方へ傾けた。

おかげで過剰な重みが、正太郎の股間へ押し寄せる。

「ぐっ！　それ、ですっ……眞由美さんっ、俺、そういうのが欲しくて……つぁあっ⁉」

もっとも、これは準備に過ぎなかった。眞由美は厚みのある唇で、亀頭を上下からサンドしたのだ。

実際に咥えた部分はごく僅か。しかし、上唇は亀頭のど真ん中を凹むほどに圧し、下唇も裏筋周りに吸い付く。

「あむぅ……ふっ！」「う、ぁおうっ⁉」

押さえつけられた正太郎の神経の中で、快楽が目まぐるしく入り混じった。背筋が勝手にピンと伸び、離れた二の腕まで鈍く痺れて。

しかも眞由美は、その体勢からまた舌を操りだす。さらなる粘液をせがむみたいに、鈴口をウネウネ突っつけば、振動は尿道にまで及んだ。

吐き出される息も、滾る肉棒には熱風さながらだ。

「く、ぁ……ま、まゆ……さ……」

女探偵の攻勢は終わらない。正太郎が呻く間に、上唇を短いストロークで前後させ始める。きつめの扱きを、亀頭に集中させる。

結果、張りつめた牡粘膜が、好き勝手に歪まされた。愉悦だって、グイグイ押し入る。

しかも眞由美は、徐々に振れ幅を大きくしていく。亀頭へ食い込む痺れが、いつしかエラへ引っかかるようになり、裏筋まで伸縮させだした。

力加減はきついままなので、カリ首の段差は連続して、裏返らんばかりに痺れてしまう。

「く、ぐ、ぅううく……！」

正太郎はこみ上げてくる絶頂感に耐えた。泣き言は吐けない。強くやってくれと頼んだのは自分なのだ。

とはいえ、待っていましたといわんばかりのこの猛攻。全ては眞由美の計算通りなのかもしれない。

青年は少しでも切迫感を減らそうと、淫靡なフェラチオから顔を背けた。

だが視界に入るのは、怪人や化け物が女体を嬲る光景ばかりだ。

その間にも、股間の喜悦は変化を遂げる。

「んぶっ、ふっ、う、ちゅ、う、ううっ！」

女探偵はしゃぶる位置をずらし始めた。亀頭を口内へ収め、行き来の範囲を、カリ首から剛直の付け根近くまでに移す。

竿が淫らに擦られて、エラ周りも裏筋も、これまで以上に引っ張られた。美貌が前へ進むたび、打ち上げられるように快楽は上昇だ。そして後退されれば、すぼまった唇がカリの裏へぶつかってくる。

「あむっ……しょ……たろ……くっ……んぷぶっ、んっんっ、んぇっ、んくふっ……！」

亀頭は舌から襲われていた。丸っこい牡粘膜と交尾したがるように、のたうちまわる赤い軟体。唾液も多量に分泌されて、先走りと混じる。ビリビリした疼きにも、ヌルッとした感触にも、正太郎は意識を揺さぶられた。

「眞由美さん……っ、く、ぐっ……眞由美、さんっ……！」

今日も早々と絶頂へ追いやられそうだ。

しかし、青年は歯を食いしばって、砕けそうな腰を固めた。

やられっぱなしの自分を奮い立たせようと、周囲の展示物を睨みつける。豹男のように眞由美へ襲いかかったり、化け物椅子のように女体をまさぐったり、そんな場面をイメージだ。

その上で叩きつけるように視線を落とせば、

「お、うっ⁉」

容赦なく責めてきているはずの眞由美の姿に、俄然、肉欲が高まった。

「ひうっ……あ、おっ、おっ、うんぅうっ！　んぶっ、ちゅぶっ！」

余裕たっぷりだろうと思っていた女探偵も、見ようによっては、いっぱいいっぱい。

顔だけでなく、上半身まで一心不乱に前後させている。

切なそうに眉をひそめ、赤らんだ額に汗を浮かべて。

唇は狭められながら前へ突き出され、あられもなく竿へへばり付いている。呻きもくぐもっていて、苦しそう。

「んんぅっ、く、ひっ、くむっ、んむぅうっ！」

両手はいつの間にか、しがみつくように青年の腰へ移されていた。

あんまり激しく動くから、セミロングの髪がユサユサ跳ねる。毅然とした雰囲気のスーツまで、男女の湿気を吸って、しんなり柔らかくなっているようだ。

「く、おっ！」

正太郎はもう少しだけ頑張れそうな気がした。それに、これは『勉強』でもある。だったら、成長せねばならない。

腹筋を締め直した彼は、一途に女探偵へ頼んだ。

「眞由美さん……あなたが知ってるやり方っ、もっと色々教えてくださひっ！」

「んひうっ!?」

声は裏返ってしまったが、初めて女探偵の予想を裏切れたのかもしれない。眞由美はヒクリと女体を竦ませて、「ぅんっ！」ペニスを頬張ったまま頷く。次の瞬間から下品極まりない音を室内に響かせた。

「んじゅっ、じゅっ、ずぶぢゅるぅうるっ！」

彼女が始めたのは、パイズリの時にも披露したバキュームだ。ただし、鈴口だけが相手だった前回と違い、今度は咥えた竿も纏めて啜る。

口内の気圧が激変し、正太郎は亀頭が捩れそうだった。先走り汁も引きずり出され、尿道内を真空にされかねない。

射精の瞬間もグイグイ迫る。後一押しでも加われば、我慢の糸がいっぺんに切れるかも。分かってはいたが、正太郎は吠える。

「もっと！　もっと他にもお願いですっ、眞由美さんっ！」

「んっ、うっ、ぅううんっ⁉」

眞由美は猿轡でも噛まされているように、籠る悲鳴を高くした。年上の余裕も薄らいで、ヤケクソのような動きでスピードアップだ。

「くぶっ、ひ、ひぅうっ、んぷっぶっ！」

強く吸いながら唇を動かせば、竿との間で、空気の潰れるような音が鳴る。

勢いが付いた分、口蓋まで猛スピードで亀頭へ衝突してきた。ドーム状のそこは、前が硬くて、後ろが柔らかい。時に亀頭を打つように、時にグニッと受け止めるように、ぶつかるたびに違う感触を味わわせてくれる。

窪んだ内頬も、エラの側面へ密着していた。ヌルつきながら、牡の性感帯を目まぐるしく擦る。

「気持ちいい、ですっ！　どんどん続けてください……っ！」

「ん、ぐくっ！」

乞われた眞由美は、顔へ捻りを加える。たとえば前進する時に右へ傾けた口腔を、後退しながら左へ揺らす。

ペニスもそこら中にぶつかって、女探偵の粘膜を掘削した。頬を中から持ち上げた時など、冒涜的なまでに美貌を歪ませてしまう。

とはいえ、正太郎は自分から望んでエクスタシーまでの時を縮めたのだ。もうこれ以上続けるのは難しい。今や眞由美が突っ込んでくるたび、膝がカクンと折れかける。

「眞由美……さんっ、俺っ、今日も眞由美さんにイカせてほしいですっ！」

怒鳴りながら下半身に力を集めれば、男根は美女の上顎を釣るように反っくり返った。

「ひぶぅうふっ⁉」

土壇場で体勢を崩しかける女探偵。それでもがむしゃらに肉棒をしゃぶり続け、青年をオルガスムスへ導こうとする。

「んぅ、く、むっ、ひぅううっ！　んぶっ、じゅっ、くふっ、っぅううんっ！」

もはや考えるのではなく、身体が覚えている動きを反射的に継続しているらしい。

正太郎の性感はとことんまで炙られ、精液も肉幹の中を雄々しく昇ってきた。

グツグツ、グツグツと、頭の中まで煮え立つようだし、いつの間にやら全身汗みずく。

「イクッ！　もうイキますっ！　眞由美さんっ！　俺、で、出るぅううっ⁉」

もはや一回の行き来が限度だった。それ以上、絶対に持たない。

正太郎が確信した刹那、眞由美は一際苛烈な吸引と共に身を引いた。

「んぶっ、ぢゅぶひゅぅううっ！」

それは一種の助走だったのかもしれない。

片道で勢いを付けた美人探偵は、間髪容れず、顔を突き出してくる。唇で竿の皮を伸ばしきり、亀頭は喉の端まで飲み込んで。

口腔のさらなる奥に宿る体温と湿気で、牡粘膜をめいっぱい蒸してきた。

最後はピストンも放棄して、痙攣じみた動きで肉竿へ振動を注ぎ込む。

やばいと思ったところで、回避不能のディープスロートだ。気迫だけが頼りの正太郎に、抗えるはずもなかった。

「く、ぉ、出ますぅうおおっ⁉」

格好悪い声を上げながら、考えなしに剛直を眞由美へ捧げてしまう彼。生成されたザーメンも、脆い尿道を押しのけた。

そこからの射精は、獰猛だった。体内粘膜を貫き、肉悦を炸裂させながら、美女の食道へ我先に飛び込んでいく。

「ぅぶぇっ、ぐ、ぅ、ぅうっ……ぅうえぇほおぉおっ……⁉」

眞由美は咽せるのを堪えるように四肢も舌も硬くして、その反応がまた、青年の下半身のあちこちを圧す。

まるでスイッチを入れられたように、追加のスペルマまで迸った。

「く、ううおっ⁉」

正太郎は一度の射精で、ありったけの体力を失ってしまいそう。女探偵の口が、生気を搾り取るための器官にさえ思えてくる。

しかし、それでも彼女と離れたくならない。ヌメヌメした粘膜が魅力的すぎる。

青年が悶絶しながら涙目を前方へ浮かせれば、またも石膏像達が目に入った。跪いて窒息寸前に陥っている女探偵と、彼女の喉まで剛直を突き立てている自分。今や、アブノーマルな工芸品以上の痴態を、二人でピンクの光の下に晒していた——。

やがて眞由美が離れると、正太郎は転ぶようにへたり込んでしまった。そのまま後ろ手をついて、荒い呼吸で身体の前面を浮き沈みさせる。

こんなに色々してもらったのだ。何か言わずにはいられない。ここは一つ、思いの丈を籠めて、気の利いたことを——。

「あの……あ、ありがとうございました……」

ありきたりのセリフしか吐けなかった。

その不器用な彼が、首だけを動かして雇い主を見れば、優秀なる女探偵も、尻をペタンと無防備に落としていた。曲げた膝を揃えて床に置き、まるで歩き疲れた少女さながら。そのポーズが、淫らに紅潮した顔と不釣り合いで、背徳的だ。

「……今日は正太郎君……ずいぶん乗り気だったわね……。この部屋の雰囲気に流されちゃった……かしら？」

声色をトロンとさせていても、洞察力は相変わらずらしい。

青年が気まずさで返事へ詰まると、彼女は誘うように目を細めた。

「ふふっ。いいのよ、正太郎君。私も君と同じなの。まだおかしな気分で……喉の奥へやられたみたいに、別の場所も貫いてほしい、なんて思っているのよ……？」

「っ……べっ、別のって……つまりっ……」

口をパクつかせる正太郎の前で、眞由美は静かに微笑んだ。

間を開けるのは、気を持たせようという悪戯心かもしれないし、青年の口から言ってほしいのかもしれない。

確かめる方法は一つだけ。

正太郎は姿勢を正して、下腹を引き締めた。

「眞由美さん……。俺、眞由美さんを抱きたいです……今日、この部屋で！」

ストレートな言葉を想い人へぶつける。

「ええ……」

と、眞由美もすんなり頷いてくれた。

「井上さんのお父さんが帰ってくるまで、まだ時間がありそうだものね。実は私、こういう物を持ってきているのよ」

スーツのポケットから、小さくて平たい四角形のものが取り出される。正太郎が実物を見るのは初めてだが、即座にコンドームの袋と分かった。

「……用意がいいですね」

「さすがに緊急連絡用の伝書鳩までは、連れてきていないけれどね？」

それはそうだろう。だがピッキング用の針金ぐらいなら、当たり前のように出してきそうだ。

「ねえ、おちんちんをこっちへ向けて……。私が着けてあげる……」

言いながら、にじり寄ってくる眞由美。さっきまでの気だるさは薄れ、乗り気になった様子は、まるで餌を見つけた牝豹だ。

それを迎え撃つように——正太郎も上体を起こした。

「来て……正太郎君……」

準備万端整って、眞由美が誘い文句と共にヒップを突き出す。

彼女はスーツの上下、さらにショーツまで脱いで、椅子の背もたれにかけていた。

上半身にはブラウスが残るが、下半身はストッキングと白いガーターベルトが絡むのみ。

そうして正太郎へ背を向けて立ちながら、肘から先を壁へあてがう。お尻を不規則にユラユラさせれば、桃色の照明で照らされて、ストリッパーのようにはしたなかった。

「は、い……」

眞後ろへ立つ正太郎には、眞由美の秘所がよく確かめられない。

しかしヒップだけでも迫力満点だった。

二つ並んだ色白の丸い丘は、ムチッと肉付きが良い。それでいて身体を動かすことが多いためか、健康的な張りが保たれている。ガーターベルトも絡んで、リボンでラッピングされた桃さながらだ。

一点だけ、セピア色にくすみ、無数の皺に囲まれた小さな穴も見つかったが、排泄のための器官の存在は、却って絵画や石膏像にはありえない艶っぽさを、瑞々しい中に付与している。

果たしてどう手を出せばいいのか――正太郎の思考は、堂々巡りを始めてしまいそうだ。

それで待ちかねたのか、眞由美が特に大きく尻を一振り。

「あふ……正太郎くぅん……っ」

「はい……！」

おかげで青年も、金縛りにあってしまう前に、我に返れた。

とにかく、左手を眞由美のヒップに乗せる。次の瞬間、吸い付くような手触りが脳内へ雪崩れ込んできて、彼は一転して時間が勿体なくなった。

そのため、右手でセカセカと、コンドーム装着済みのペニスを握る。

「ふ、く……！」

股間を走る鈍い性感に息を詰まらせつつ、竿を下向きへ変えて、女探偵の腿の間をくぐらせるように、秘所があるはずの辺りを目指した。

直後、あっけないほど容易く、プニッとした膨らみと接触だ。

「つおっ⁉」

これが眞由美の大陰唇だろう。

ヒップ以上に柔軟性があり、圧した分だけ歪んでしまう。だが危険な火照りも満ちていた。――さらに。

「眞由美さん……濡れて……る……っ」

早くも、愛液がコンドームとの間に糸を引きそうなのだ。青年の不躾な指摘を、眞由美も悩ましげに認める。

「そうよ……。君のおちんちんを舐めていて……こんなになっちゃったの……」

「……！」

またも思考が停止しかける正太郎だが、あまり手際が悪いと呆れられてしまうだろう。

「ぃ行きます！」

彼は勢い任せに亀頭を動かした。女性器の詳しい形を知らず、視認すら出来ないから、触覚頼りで奥への道を探すしかない。

「はおうっ⁉」

さっそく、神経の毛羽立つような疼きに、急所を挟まれた。

左右へ開きながら、ねちっこく亀頭を出迎えた肉ビラは、小陰唇かもしれない。

その奥に、溶けだす寸前のような火照りの媚肉まで潜んでいる。

「やぁん……正太郎君のおちんちん……グリグリ来てる……ぅ」

眞由美が首を上向かせれば、セミロングの髪も背筋を撫でるようにうねった。ブラウスに守られた背筋の方まで、妖しく波打ち始める。

だが、そこから先がいけなかった。剛直は濡れ肉の表面を滑るのみで、肝心の入口を発見できない。二度、三度と擦ってみても駄目。反面、ゴム膜越しの快感は、往復するにつれて強まっていく。

「く、ぁ、ぁ……」

苛立つ獣のような唸りが、正太郎の半開きの口から漏れた。

と、眞由美が片手を降ろし、そっと亀頭の下に添えてくる。

「うあ⁉　あ……あのっ⁉」

ゾワゾワッと裏筋まで疼きだす青年。だが、眞由美の目的は、彼を急かすことではなかった。

「大丈夫よ、正太郎君……ここ……ここを狙うの……」

白魚のような指で持ち上げられた肉竿の切っ先が、小さい穴へと嵌る。これまで亀頭の表面にのみ感じていた火照りが、鈴口周りにまで及んだ。

「っ！　は……い！」

サポートされたのは恥ずかしいが、眞由美の声音には、パニック寸前だった牡を励ましてくれる効果があった。

ここから仕切り直せばいいんだ――。

正太郎は勇躍し、腰を押し出す。

と、ズブッ、ジュブブッ！　今度こそ男性器が膣口へ沈んだ。

奥は予想以上に狭かった。ヒップ同様、アクティブな生活が効いているのか、膣内には肉の壁が密集し、いきり立つ亀頭を、四方から揉みくちゃにする。大人の余裕を感じさせる態度と対照的に、貪欲さがむき出しだ。

あまりのギャップに、青年はクラクラさせられる。

とはいえ、弱点を抱きしめられていると、身体も自然と動いてしまった。

なんとかペースを掴もうと両脚を突っ張らせてみたが、遅い動きになったらなったで、重いほどの刺激をじっくり練り込まれる。

「うんっ、うんっ！　分かるのっ……正太郎君のおちんちんっ、私を思い切り広げてる……って、ぇ！　あはぁあんっ！」

「あう……ぉ……ああ……っ⁉」

稚拙に足掻くうち、エラまですっかり女体に収まってしまった。張り出す傘は、亀頭以上に蜜壺へ引っかかる。火傷しそうな感触は、もはや快楽を通り越して怖いほど。

ヴァギナは、まるで官能の底なし沼だった。無数の成熟した襞が居並んで、牡肉へ隙間なく絡み付く。しかもうねりの細やかさは、巧みな舌戯さえ超えている。

青年の胸中で、アイスキャンディの妄想が復活した。コンドームも粘膜も溶かされて、神経を直に啜られそうだ。

「眞由美さんの中……す、すごい……ですっ⁉」

「うんっ……あ、ふぁっ……正太郎君こそっ、太……ぉっ……大きい、の……っ……！　はぅんっ！　んっ、やぁあっ……私っ、先っぽだけで……すごく感じてるぅうっ！」

優しげだったはずの眞由美の声色にも、牝の響きが混じってくる。

秘洞に至っては、後から入ってきた肉竿も、グチャグチャと抱擁だ。壁の伸縮性は抜群で、元の小ささが嘘みたいに、異物へみっちり形を合わせる。すでに納まりきったカリ首と亀頭も、ピンと張ったところを捏ね続ける。

正太郎は身体中に汗が浮き、救いを求めるように喚いた。

「眞由美さん……お、俺っ……もう、何が何だか……ぁっ⁉」

口を動かすと、手にも力が入り、五指がねじ曲がった。紅潮してきた女探偵の美尻へ、一層の赤みを刻んでしまう。

しかし未熟なやり方を、美女はむしろ堪能しているようだ。

「いいのよっ……初めてなんだから……い、今は何も考えないでっ……感じるままにやればっ……ぁっ、あぁンっ！　構わない、から……ぁっ！」

「眞由美……さん！」

青年は鼓動が速まり、セーブしたかった腰まで、ズンッと進めてしまう。

「うあっ!?」「ひぁああんっ!」

強い摩擦に、息が途切れかけた。しかも次の瞬間、弾力のある分厚い行き止まりが、亀頭へぶつかってくる。

これ以上は道がない。分かっていても、青年はブレーキをかけられなかった。弱点を丸ごとねぶられながら、切っ先を前方の壁へ押し付け続けた。

急な動きの変化には、さしもの眞由美も身悶えている。

「やっ、やぁあんっ……正太郎君のが……つ、突き抜けちゃいそ……ぉ……っ!」

固定されていた牝尻がくねり、膣襞も一斉にざわついて。

「眞由美さんっ、俺……腰が勝手に……! あっ!? おっ、つおおっ!?」

遠吠えするように斜め上を仰ぎ——その首を意識してグイッと下へ傾けると、正太郎はやっと少しだけ、身体のコントロールを取り戻せた。肉竿を送り出す太腿からも、力を抜けた。

ただし、疼きは途切れない。むしろ腰の裏まで突き抜けて、余計な圧迫でもかかろうものなら、カリ首がすっぽ抜けそうだ。

「お、俺っ……しばらく下がれない……です!」

「んっ、分かった、わ……! 私ね……っ、君と繋がってるだけでっ……すご、くっ……気持ちいいのよ……っ！」

「は……い！」

正太郎はそのまま尿道を狭めて、性器と性器が馴染むのを待った。

二分――いや、三分はジッとしていただろうか。眩暈を覚え、身体も熱いままだが、何だか動けそうな気がしてくる。

根拠はない。のぼせながらの願望も込みだ。それでも眞由美に宣言する。

「俺っ……そろそろやってみますっ……！　腰を……動かします！」

「うんっ……して！　おマ○コっ、かき回してみてっ！」

「いっ⁉　おマッ……⁉」

眞由美も本当は、ピストンがなくて、物足りなかったのかもしれない。考えるより先に吐いてしまったように、マ○コなんて卑語が飛び出してくる。

胸を衝かれた青年は、考えていたのと違うタイミングで、しかも思っていた以上の距離を、いっぺんに下がってしまった。

こうなると、密集する肉襞がエラの裏へこぞって引っかかる。コンドームが薄い防護壁になっているのに、押し寄せる熱は覚悟していた以上。

「つぁあ！」

亀頭の方も、太いカリ首寄りから先端へ向かって、無遠慮に逆撫でされた。

肉竿の付け根だけは、牝襞の圧迫が緩んだものの、却って尿道まで軽くなってしまう。それを埋めるように強まったのは、濃厚なスペルマの気配だ。

まずい――――！

正太郎は咄嗟に方向転換し、秘洞の最深部へ突き戻った。ズブプブッ！

「ひ、んはぅううっ⁉　しょ、おほっ⁉　しょったろぉ……君ぅううっ⁉」

「す、すみま……せんっ！」

謝る間にも、正太郎はもがくようなヴァギナの脈動に、神経が融解しそうだった。

しかし、絶対に諦めたくない。

「今度こそ、まともにやります……からっ！」

言いながら腹筋を硬くすると、その力を起爆剤に、再び後退を試みた。

またもや喜悦が襲ってくる。そのうねりを気合で制し、青年は今度こそ下がりだした。

子宮口から蜜壺の中ほどへ。さらにもっと外寄りへ。亀頭のぶつかる位置がズリズリ変わっていく。

「あ、ぁあんっ……そうっ……急がなくてっ、いいのよっ……あ、はぁううっ！」

眞由美はあくまで優しい先生として振る舞いたがっているらしいが、声からはゆとりがそぎ落とされていた。

やがて膣口とカリ首が、ぴったり噛み合って。

「く、あっ！」「い……ぃいんっ……！」

青年と女探偵は、仲良く背筋を硬くする。しかし、満足するにはまだ早い。

正太郎は歯を食いしばると、高熱と蠕動が待つ膣奥へ押し戻った。

濡れ襞は早くも寄り集まって、彼が切り開いたばかりの道を塞いでいる。そこへ敢えて、さっき以上の速度を乗せて、雄々しく猛進だ。脆い亀頭を駆使し、迫る肉壁をかき分けていった。

「く……おぉおっ！」

怒声と共に疼きを食い荒らし、終点までノンストップで打ち抜けば、眞由美の首もクッと反る。

「ふぁああうんっ⁉」

「眞由美……さんっ……！」

正太郎は息が上がっていた。まるで柔道の練習へ身を入れた後のようで、長く持ちそうにはない。

――だったら。

「俺、眞由美さんの胸を揉みたいです……！」

相手をイカせるなんて高望みするのではなく、時が許す限り、今後へ繋がる経験を積んでおきたい。

眞由美の方も、青年の意を汲んでくれた。

「んっ、だったらっ……ふあっ、き、君の手で……私を脱がせてぇっ……！」

「は……いっ！」

正太郎は両手を眞由美の前へ回り込ませた。それだけでも性器の繋がる角度が変わる。

神経は感電したように痺れ、今すぐ乳房を鷲掴みしたくなった。

だが、触るならば直接が良い。二人羽織のようなたどたどしさで、青年はブラウスのボタンを外しにかかった。

焦るな。逸るな。

自分へ言い聞かせつつ、全開までこぎつける。そこでひとまず上体を後ろへ反らし、脂汗を浮かべながらも、ブラウスの裏側をたくし上げた。

「ぁっ……」

ブラジャーのホックは、意外にあっさり発見できた。後はどうにか両手で、ズラすように外す。

「よし……！」

思わず漏れる気合。

大丈夫だ。まだイカずに済んでいる。バランスを崩さなければ、もうちょっとぐらい耐えられる。

綱渡りするような気分で、彼は力なく垂れたブラジャーの内へ、両手を滑り込ませた。

後は愛情を籠め、巨乳をどっちも捕まえる。真っ先に感じたのは、広げた十指でも受け止めるのが難しい大きさと質感だった。続けて、薄ら浮いた汗。

「ふあっ！」

眞由美も祝ってくれるように、息を弾ませる。

女性の胸がデリケートだという話なら、前にどこかで聞いていた。だから想い人へ痛い思いをさせないように、揉み方はソフトなものを心がける。

「あ、ぁ……ん！」

及第点の力加減だったらしい。美女は心地よげに肩を揺らしていた。ささやかな反応だが、正太郎には大きな一歩。やったぞ——と、単純に感激させられる。

きめ細かくて豊満な手触りも、ペニスを挟まれた時以上に実感できた。

肌は容易に窪んでしまうほど柔らかい。一方、圧されていない箇所は、指から逃げるように盛り上がる。追いかけてそちら側を掴めば、すかさず手と離れた部分が、丸みを取り戻した。だからまたそっちを揉みしだく。

パイズリの時に擦り返せなかった分を取り戻す気で、正太郎は無心に巨乳を弄った。

「あ……くあ、あっ……正太郎君ったら……そんなに色々っ……あぁあんっ⁉」

眞由美の感じ方も、声に困惑が混じるほど。

調子づいた正太郎は、乳首へ人差し指をやった。かぶせてみれば、突起は親指の先ぐらいの大きさまでしこっている。

「はぅふっ⁉　そ、そこにまで……しちゃうのね……っ？」

恥じらいつつも欲しているような、眞由美の質問。正太郎は返事代わりに、左右の突起を摘み上げた。底なしに柔らかい丸みを揉んだ後だと、ゴムみたいな硬さが余計に際立つ。

「ゃひうっ、ふぁあんっ⁉」

眞由美の喘ぎも、いよいよ切羽詰まってきた。

それをもっと聞きたくて、正太郎は乳首を捻る。両方を同じ方向へ回したり、あるいは正反対に転がしたり。

弄り方は次々閃き、それを片っ端から試した。

前方へ引っ張ってみる。短い距離を素早く扱く。おとなしい奉仕を心がけていたはずなのに、指遣いは荒っぽく変わり、下では巨乳までムニムニ揺らいだ。

「しょ……たろっ……君っ、あぁんっ……やっ、ンあっ⁉　指がどんどんっ、エッチになってきて……るっ……！」

眞由美の中で芽生えた快感は、乳頭だけに収まりきらないらしい。

その証拠に、カクンッ！　ビクビクッ！　突然、腰まで二連発で弾んだ。

「ふぉおっ⁉」

長らく止めていた反動のように、揺れは大きい。正太郎も悲鳴を上げてしまう。

とはいえ気付かないうちに、愉悦への耐性は育っていたようだ。

脳天はひどく痺れたものの、股間部では尿道を締めるのがギリギリ間に合って、暴発だってしていない。

今なら肉棒を遣い、眞由美に身体の髄から気持ち良くなってもらえるかも——。

そう思ったら、青年は迷わなかった。

両手を女探偵の括れた腰に移し、湿った空気を肺へ溜め込んで。後は屹立を長く引き——深く、強く、肉壺へ突き入れ直す！　ズプッ、ジュブグブッ！

「うあっ！　あぉあっ！」

「きゃひぃいいっ⁉」

変態博物館に喘ぎの二重奏が響き渡った。

一発目から激しくしたのは、途中でしり込みしないためだ。

結果、眞由美のヴァギナも竦む。

正太郎はペニスを擦られた上、キュウキュウ搾られて、粘膜が火を噴きそうだった。

だが、ここで止まったら、チャンスを逃してしまう。

自分をケダモノに変えるつもりで、彼はさらに筋肉を酷使した。

予告なしの苛烈なピストンに、多量の愛液がかき出され始める。眞由美も首を振りたくり、顔を見られないのが残念なほどの乱れっぷりだ。

「き、ひぁあんっ！　正太郎君のおちんちんがっ……か、かはうっ⁉　ぅあぁあっ！あっ、熱いぃいひっ！　私っ、私……ぃっ……これっ、こんなにっ！　す……きぃひいいぅうっ！」

一瞬、彼女に好きと言ってもらえた気がして、青年は今度こそ精液を通しそうになる。

「は、ぐ！」

そこで反撃するように、眞由美の方も肢体を前後させだした。ガーターベルトで飾られた瑞々しい美尻を、肉幹の付け根へ立て続けにぶつけてくるのだ。

「うあっ！　ああっ⁉」

横へ揺らされ、短いストロークで扱かれて、正太郎はペニスがあらぬ形へ歪みそうだった。

両手で美女を止めようとすると、逆に律動は激しさを増す。

「正太郎君っ……正太郎くぅんっ！　イひっ、ィ、イキそうなのよね……っ⁉　ねっ、もうイッてぇっ！　おちんちんから白いドロドロッ……たくさん吐き出してぇええっ！」

目を回しかけたところで、おねだりまでされて。正太郎も我慢しきれなくなった。

性器同士で結ばれながら、好きな女性に望まれて射精するのだ。気持ちいいに決まってる。

そもそも、自分はやれるだけのことをやろうと決めていたはずだ。止まったままなんて、望むところではない。

「はいっ！　ま、眞由美先生っ！」

児童書の影響か、そんな呼び方をしてしまった。途端に甘えたい気持ちが膨らんで、コンドームを擦り切りそうなラストスパートへ取り掛かる。

進めば、一番痺れるのは亀頭だ。逆に引けば、カリ首と牝襞が睦み合う。竿の皮と裏筋も、往復のたびに伸び縮みした。

膨らむ。愛情も、極上の愉悦も、ひたすら膨張していく。

もはや正太郎は、身体と一緒に揺れるシャツの軽い感触まで、悩ましかった。額や背筋を垂れていく汗の一滴一滴も、粘りつくようにこそばゆい。

眞由美も髪やブラウスが羽ばたくように揺れているから、全身がざわついていることだろう。

彼女は青年の呼びかけに乗っかって、

「くぅうあっ！　正太郎君の頑張りの成果っ……眞由美先生がっ、ぁンっ、受け止めるっ……からぁあ！　だひっ……だ､出しってぇええうっ！　ぶちまけてぇええっ！」

「はいっ、イキます！　眞由美先生ぇっ！」

正太郎は腰どころか、全身をフルに使った。前屈みになるほどペニスを引いてから、背筋を弓なりにしての突貫だ。

「くひぁあ⁉」「眞由美さんっ！　眞由美先生っ！」「ぃひぃい！　ぃひぃいあっ⁉」

「俺、もうっ！」「ぅあ！　つああっ！　ゴリゴリきてるぅう！」「出っ……るぅう⁉」

最後はぶち破らんばかりに、鈴口を子宮口へ叩き込む。

刹那、最大の法悦が牡粘膜に食い込んだ。今度こそ動けなくなった彼の股間の奥からは、スペルマが鉄砲水さながらに打ち寄せる。

生で噴出していれば、確実に女探偵の子宮を満たしたに違いない量だった。

解放感も、マゾヒズムも、征服欲も、鈴口の拡張で同時に満たされる。

「お、ぐくっ……⁉　うぅあおおっ！」

正太郎は無様な姿勢のまま、極上の射精で恍惚となった。

しかも彼が達している間中、眞由美の膣壁は、牡肉を揉み続けてくる。ここに留まっていたら、ペニスが大変なことに——、

「眞由美さんっ……俺、もっと動きます！」

恐れよりも新たな欲の方が強く、正太郎はペニスを後退させた。最深部と距離を取った後は、カリ首の内外で荒れ狂う肉悦を制圧するべく、逞しい再突撃だ。

眞由美としては、事後の充足感に浸りたかったのかもしれない。だが脱力しかけた

ところで、杭さながらに肉棒を打ち込まれてしまう。

「ぃぎっ⁉　ぃひぃぁあ⁉　なにっ、何なのっ⁉　しょっ、しょうたろっ……くぅひぃいっ⁉」

そして避けようにも、正面にあるのは硬い壁。

「や、やぁあっ⁉　正太郎君っ……ちょっと休まないとっ、ひ、ひぃいんっ⁉　駄目っ、待ってぇえっ⁉」

パニックに陥りかけた眞由美の懇願は、正太郎の劣情へ油を注ぐことにしかならなかった。

「眞由美さんっ……続けさせてくださいっ！　俺っ、三度目のっ……つぁおっ！　今日も三回イキたいんですっ！　眞由美さんにもイッてほしいんですっ！　くあっ、ま、眞由美さぁあんっ！」

真面目な青年がキレてしまうと、爆発力は凄まじい。

しばしの間、背徳の隠し部屋には、男女のよがり声が木霊し続けたのである。

——残念ながら正太郎は、眞由美をオルガスムスまで送れなかった。

そのくせ、自身は三度目の絶頂へ到達している。

コンドームから溢れ、玉袋までヌルヌルにするほどのスペルマを放った彼は、今度こそ体力が底をつき、床へ尻を落としてしまった。

眞由美も休みなしの猛攻に屈し、背中を向けたままで膝立ちだ。

「こ、これっ……やり過ぎ……ぃひ……っ」

額を壁に預け、肩で息をしつつ、ヒクッヒクッと痙攣する彼女。

しかし顔は見えないものの、青年を叱りたい訳ではないらしい。声音にはとりとめがなく、ここまで追いつめられてしまった己が信じられないようだ。

咄嗟に謝りかけた正太郎だが、今度こそ偽りない気持ちをしっかり伝えたかった。

「すみません。でも俺、眞由美さんが初めての人で……光栄ですっ」

どうにか噛まずに言えた。

眞由美は「んぅっ」と息を飲み——そこでどんな風に思ったのか、身体を支えきれなくなったように、床へ横倒しに転がってしまった。


さらに二十分近く休憩して。

身だしなみを整え、エアコンでの換気や簡単な掃除まで済むと、眞由美はほぼ普段通りの物腰に戻っていた。

「じゃあ、あっち側がどこと繋がっているか、調べてみましょうか」

さすがは世慣れた探偵だ。

対する青年の方は簡単には割り切れず、行為をしていた時以上にドギマギしてしまう。

その頭を、軽くコツン。眞由美に手の甲で叩かれた。

「出来る弁護士を目指すなら、気持ちへはメリハリを付けないとね？」

「そ、ですね……っ。ま、まゆ……いえ、所長っ」

正太郎はどもりながらも、入ってきたのとは反対のドアへ目を向けた。

二人で変態博物館を出れば、さっき眞由美が言った通り、上への階段がある。

そして昇った先は、一転して木造りの小部屋。左側に据えられていたのも、手動の木製扉だ。

「私から行くわ」

扉をずらし、慎重に辺りを確かめてから、眞由美が外へ踏み出す。すぐに問題なしと判断したようで、正太郎に手招きしてきた。

そこで青年も出てみれば、扉があったのは、普通の廊下の一角だ。具体的に言えば、二階に通じる階段の下。

扉と壁の境は巧妙に隠され、しかも廊下側からだと開けられない造りとなっている。

これで地下室の全容は判明だろう。

女幽霊の正体も、瑠実の父の愛人らしいと見当がついた。

廊下の窓を見れば、すでに日は沈みかけて、だいぶ暗くなっている。

「……瑠実へは、自分の部屋に戻るように言ってありましたよね。もう呼びますか？」

ポケットの中のスマホを掴みながら、正太郎は聞いた。

しかし眞由美は首を横へ振り、

「ここまでやったんだもの。後少しだけ、裏付けの調査をしておきたいわ」

これ以上、何を確認したいのか分からないが——正太郎は頷いた。

第三章　解かれる謎と野外姦

眞由美に連れられる形で、正太郎は階段を昇った。

屋敷の中は手すり一つ取っても、磨き抜かれた木材が高級感を醸し出す。足元には赤い絨毯まで敷かれている。

こっそりの行動となると、後ろ暗さは二割増しで、女探偵へ質問する声も潜めがちになってしまった。

「……所長、どうするんですか？」

二階の廊下は階段の左右へ伸び、木製のドアが等間隔で並ぶ。そして正太郎が問いかけるや、眞由美は躊躇なくドアの一つを開けた。

「っ！　誰かいたら、ヤバいんじゃないですかっ？」

大胆さに驚かされるが、ドアの先にあったのは、白い洋式便器だ。

「あ」

思いがけないタイミングでの平凡な生活感に、脱力させられる。

そういえば、二階のトイレは階段脇にあると、瑠実が言っていた。

「井上さんはここを出て、階段を降りている途中の幽霊を見た訳ね」

ひとりごちてから、正太郎を顧みる眞由美。

「ちょっと階段の踊り場へ行ってみて？」

言われた通りにすると、彼女は一人でトイレへ入り、ガチャリとドアを閉めた。すぐに水を流す微かな音だ。それが途切れるより早く、また姿を現して、

「吉尾君、水とドアの音、ちゃんと聞こえた？」

階段を降りてきた雇い主の問いに、正太郎は「はい」と答えた。

「防音性は高いですが、消しきれてはいないですね」

「そう……じゃあ、井上さんに来てもらいましょうか」

「え、調べるのってこれだけですか？」

ずいぶんあっけない。

しかし、眞由美は頭を振り、

「最後に一つ、井上さんへ質問があるの」

「……了解です」

いよいよ首を捻りたくなるが、ともかくスマホで少女を呼びだした。

『うん、すぐ行くっ』

返事の後、廊下の角の向こうから、瑠実が駆け足でやってくる。そして階段で二人を見つけるや、速度を落として訝しむ顔。

「なんでそんなところにいるのよ」

書斎で待たれているものと思ったらしい。

年端もいかない相手を前にすると、正太郎は性交の匂いが残っていないか、急に心配になってきた。コンドームも口を縛って、服のポケットに入れたままなのだ。

しかし、瑠実に気付く様子はなかった。

眞由美も素知らぬ顔で彼女へ尋ねる。

「ちょっと教えてほしいの。井上さんが見た幽霊のドレスって、どんなデザインだったかしら？」

「デザイン？　外国の映画で、女の人が寝る時に着るようなヤツよ」

「それって、ドレスじゃなくてネグリジェか？」

正太郎も問うてみるが、少女にはピンとこなかったようだ。

「そういう名前の服なの？」

口だけでは確認しづらいので、スマホで検索して、ちょうどいい画像を見つけてやった。

「こういうのだろ？」

「うん、そうそう」

　実にあっさりした返事。眞由美が聞きたかったことは一つだけのはずだし——やっぱり追加の調査はあっけなく終了だった。

「だそうですが、所長？」

　見れば、眞由美は奇妙な表情をしている。苦笑を堪えつつ、本気で迷ってもいるような。

　その時。階段の下から、詰問口調が飛んできた。

「あんたら誰だ？　そこで何してる？」

　瑠実と合流した以上、泥棒と間違えられる心配はない。

　それでも不意の声に、正太郎はドキリとさせられた。

　声の主は三十代後半ぐらいの小柄な男性で、そこそこ整った顔立ちながら、やけに目力がある。

「パパ！」

　瑠実が声を上げた。

（この人が井上平吉か……）

目力が強いのも、映画監督として、他者に指示を出し慣れているからだろう。正直、柔道の選手に負けない迫力だ。

しかし、彼の射るような視線に、眞由美は全く動じない。謎解きを始めるドラマの探偵さながら、優美な足取りで階段を降り始める。

――地下室で喘いでいた時とは別人だった。

「はじめまして。私は玉村探偵事務所の所長、玉村眞由美です。先日はシレ君の件でお世話になりました」

見上げる平吉の方は、警戒を解かない。

「あんたが例の……。けど探偵さんが、こんなところで何をしてるんだ？」

「今日はお嬢さんに頼まれて、木曜日に出たという幽霊の正体を調べに来ました」

「そりゃ単なる夢だろう」

あからさまに迷惑そうだ。

そんな平吉の正面まで降りて、眞由美も断言をする。

「幽霊は実際にいました。正体もすでに分かっています。それで最良の解決方法について、井上監督と相談したいんです」

「妙な言いがかりは御免だね」

海千山千の眼差しが、同じ高さでぶつかり合って。

直後、眞由美は無造作ともいえる動きで、平吉へ顔を寄せた。

彼女が何か囁き、平吉の目は大きく見開かれ――。

「あ、あ、あんたっ……どうしてそれを⁉」

たった一言。それだけで女探偵は、爆弾級の衝撃を与えたらしい。

(何を告げたんだ?)

地下室や愛人の存在を看破されただけにしては、強面が崩れすぎている。とすると、眞由美は追加調査で、何か特別なことに気付いたのかもしれない。

「いかがでしょう。ここはじっくり、二人きりでお話ししたいのですけれど?」

一歩引いた女探偵から求められて、平吉もガクガク頷いた。それが娘の目には、脅迫されたように見えたらしい。

「あんた……うちのパパに何言ったのよ⁉」

詰め寄ろうとする瑠実を、咄嗟に正太郎は制した。

「所長、俺達は書斎で本でも読んでます」

「……そうね。お願いするわ。構いませんよね、井上監督」

「ああ……瑠実。ちょっとだけ待っていてくれ」

父親からも言われて、少女は不承不承頷いた。が、おそらく眞由美＝嫌な女という印象をますます強めたことだろう。

「パパ、何かあったらすぐに呼んでよ。あたしがそんな女、やっつけてやるから！」

憎々しげに睨まれても、眞由美は表面上、穏やかに苦笑するのみだ。

しかし、正太郎は一瞬だけだが見ていた。

気を利かせた自分を、確かに彼女は感謝の眼差しで見上げてきた。

地下室で言っていた『後で思い切った行動をできるように』というのも、このことかもしれない。

悪女めいた態度には、きっと深い理由があるのだ。


書斎で時間潰しに本を読みながら、正太郎と瑠実の間の空気は、ひどくピリピリしていた。そうして居心地が悪いまま、三十分近く経過。

ようやく眞由美と平吉が、ドアから書斎へ入ってくる。

「パパ！」

本を放り出して、瑠実は一直線に父親へ駆け寄った。

「平気だった？　この女に嫌なこととか、されなかった!?」

抱きつく彼女の頭を、平吉が何度も撫でる。

その仕草に、正太郎は驚いた。さっきと打って変わって落ち着いており、まるで憑き物が落ちたようなのだ。

「瑠実……不安にさせてごめんな。本当はパパ、幽霊の正体を知っていて、それを隠そうとしてたんだ。でも、探偵さんと相談して決めたよ。全て正直に話そうってな」

この口ぶりからして、愛人の存在を娘へ語るつもりらしい。

改まった口調に、瑠実も不安げな顔となる。正太郎まで固唾を飲んでしまった。

その前で、平吉は一度深呼吸。

「実は、お前が見た幽霊な。……………………………………女装したパパだったんだ」

「…………はい？」

「……何、それ？」

正太郎と瑠実の呆けた声が重なった。どちらも顎と肩が、漫画のようにカクッと落っこちる。

愛人じゃなかったのかよ――という疑問さえ、青年の頭には浮かばなかった。

一時間後、探偵事務所へ戻った眞由美は、おもむろに正太郎へ語りだした。

「……井上監督の愛人については、私も考えたわ。でもそうすると色々不自然なのよ」

彼女は所長用の椅子へ、正太郎はソファーへ座り、それぞれ自分用のコーヒーカップを前に置いている。

今頃は井上家でも、父と娘が話し合っていることだろう。

「怪しい女は白いドレス……というか、ネグリジェを着ていた訳でしょう。でも、存在を娘へ隠していた割に、寛ぎすぎじゃないかしら。しかも、訪問先の二階で着替えてから一階に下りるなんて、目撃されるリスクを増やすだけよ。どうしても着替えたければ、秘密の地下室ですれば良かったのに」

眞由美の説明は、噛んで含めるように丁寧だ。

「言われてみれば……そうですね」

「それで、見つかるかどうかのスリルを愉しむプレイの一種って線も考えたの。だけど、それならもっと怪しい格好にしそうじゃない？　ボンテージとか、下着とか、全裸とか」

「で、一人でネグリジェを着て歩くとしたら、どんなシチュエーションが刺激的か、発想を膨らませていった訳ですね？」

「ええ。井上監督から聞いたんだけど、女装しながら地下室で構想を練ると、いつもより面白いアイデアを閃く気がしたそうよ」

「……と、倒錯していますねぇ……」

しかも、ひどく腰砕けな真相である。だが、正太郎が嘆息すると、

「こら、吉尾君」

眞由美から窘められてしまった。

「趣味も価値観も人それぞれよ。それに探偵事務所や弁護士事務所へ来る人は、秘密を持っている場合が多いんだから。吉尾君だって、他人に隠しておきたい経験ぐらいあるでしょう？」

「え、ええ、まあ……」

今日も地下で一つ増えたばかりだ。

そこで別の疑問も浮かぶ。

「でも、瑠実が呼びに行った時、親父さんは寝室にいたわけですよね？　あれはどうやったんですか？」

「井上監督は、娘に目撃されたと気付いてたのよ。……ほら、トイレの水とドアの音で。だけど走って逃げたら、騒ぎが大きくなるでしょう？　それで幽霊みたいな歩き方で興味を引いて、井上さんを書斎までおびき寄せたの」

「後は隠し通路を使って、大急ぎで自分の寝室に戻った……と」

謎が細部まで解けて、正太郎はコーヒーを煽った。喉を滑っていく温めの感覚と苦味も、頭を落ち着かせてくれる。

「所長……瑠実と親父さんは大丈夫だと思いますか？　女装も地下の装飾も、相当ショッキングですよ？」

「……きっと平気よ。監督自身、秘密を打ち明ける機会を探していたそうだし、井上さんも親の猟奇的な作風に理解を示す、心の柔軟な子だもの」

彼女が太鼓判を捺してくれると、正太郎も多少は安心できた。

「あ、最後にもう一つ教えてください。監督が色々秘密のままにしたいと主張したら、どうしたんです？」

「その時はダミーの答えを考えたわよ。探偵と映画監督なら、いくらでも本当っぽい話をでっち上げられるもの」

そうなる可能性があったからこそ、まずは井上監督を怯ませ、一対一の相談へ持ち込む必要があったのだろう。

ともあれ幽霊騒動は一段落だ。

そこで眞由美が身を乗り出してきた。

「今回の件が丸く収まったのは、吉尾君が後押ししてくれたおかげでもあるわ。お礼に晩御飯をご馳走したいんだけど、どうかしら。明日の夜とか都合つく？」

「え……は、はいっ！　もちろん大丈夫です！　いくらでも都合つきますっ！」

思いがけない提案に、腰がソファーから浮きかけてしまう正太郎。

その意気込みぶりに、眞由美は苦笑した。

「そんなに豪勢なところへは連れて行けないわよ？　軽めの洋食屋さん……で食べた後、どこかでちょっとお酒を飲むぐらいね」

「もちろん頂きますよっ」

――眞由美と食べられるのならば。

正太郎はお子様ランチでも、間に合わせの立ち食いソバでも、大歓迎だった。

翌晩、眞由美は小さいながらも雰囲気の良い洋食屋へ、正太郎を案内してくれた。

店内は暖色系の照明と内装がロマンチックで、眞由美のアダルトな物腰がよく映える。

料理の味も素晴らしく、正太郎にとって、数か月ぶりのご馳走だ。

そこでゆったり過ごした後は、眞由美が立てた予定通り、オシャレなバーでカクテルを飲んでみたりもした。正太郎が友人と飲む時は、居酒屋でビールかチューハイばかりだから、こっちの体験は完全に初めて。

（まるで……デートしてるみたいだ……）

意味合い的には、バイト青年への労いなのだろう。それでも正太郎は夢見心地にさせられる。

眞由美が上に着ているのは、落ち着いたデザインのカーディガンと、白っぽいブラウスだ。

下は膝丈までのスカートで、仕事の時と違って、ストッキングを穿いていなかった。スラッと長い生足は、色っぽい曲線を描きつつもしなやか。キビキビした動作に似つかわしい。

正太郎も生活費をはたいて、昼の内に衣装の上下を揃えておいた。

しかし、幸せな時間はあっという間にすぎるもので。

二人は今、ほろ酔い気分で探偵事務所まで戻っている途中——。

九月終わりの夜気が頬に心地よく、酒の勢いにも後押しされて、正太郎は漠然と抱いていた印象を述べてみた。

「所長って子供好きですよね。創とか瑠実と話す時も、すごく優しい目をしてますし」

「そ、そう？」

女探偵の顔が、ほんのり桜色なのは、アルコールのせいだけでなく、ストレートな称賛が照れくさいからかもしれない。

彼女は視線を僅かに逸らし、早口で答えた。

「それは正太郎君の方じゃないかしら。私の場合、ちょっと下心があるもの」

「というと?」

「小中学生ぐらいの子には、幸せな笑顔を求めちゃうのよ。ほら、私って親が中学の時に離婚してるでしょ?」

当たり前のように言われて、酔いが醒めかける。何気ないネタ振りのつもりだったのに、デカい地雷を踏んでしまった。

「……そ、そうなんですか?」

呻く正太郎に、眞由美もキョトンとなった。

「ひょっとして、それも源元教授から聞いてなかった?」

「ええ、まあ……姪の仕事を手伝えとしか……」

「………そう」

考え込む素振りの眞由美だったが、やがて取り繕うように、笑みを浮かべ直す。

「私の両親の仕事って、どっちも法律関係なのよ。私が弁護士を目指したのも、きっと親と似た仕事をすることで、無くしたものを少しでも取り戻したかったからだわ」

「…………」

これ以上、突っ込んだことを尋ねるのは、失礼かもしれない。

しかし、青年は次の疑問を漏らしてしまった。

「それで今、所長のご両親は……？」

「母は二年前に亡くなったわ。離婚した後は、女手一つで私を育ててくれて……最終的に今の仕事も認めてもらえた。父の方は健在だけど、長い間会えていないわね。でも、学費を出してもらっておきながら、勝手に転職したんだもの。かなり怒っているみたいよ」

そこで眞由美は息を吐く。

「暗い話をしてごめんなさい。ご飯もお酒も美味しかったし、最後まで楽しい気分のままの方がいいに決まってるのに…………ね、正太郎君？」

「っ……」

意外なタイミングで、呼び方が名前に変わった。しかし、正太郎も神妙な心持ちになりかけたところだ。簡単には気分を切り替えられない。

まして、ここは屋外で、ちょうど公園へ差し掛かったところ。

思わず立ち止まりかけると、眞由美が色っぽくしなだれかかってきた。

「え、あの、所長？　ここで……ですか？」

「…………呆れちゃった？」

意外にも、眞由美の顔は寂しげだった。殊にすがるような上目遣いが、男心を射貫く。

あられもないこの誘いも、親との問題を思い出して、心が揺れたせいかもしれない。

「い、いえっ……いいえっ、そんなことありません！　よろしくお願いしますっ！」

勢いで即答してしまった正太郎は、コントのような掌返しが、自分で恥ずかしくなった。しかし一方、さっきまでの酔いを蘇らせるように、高揚感も湧いてくる。

眞由美もニッコリ目を細め、

「ふふっ、お願いされました」

——こうなったら、後は直感頼みだ。

今いる公園は、木が多く植えられた、人工の林のような場所である。昼はお年寄りや親子連れが多い反面、夜は人があまり通らない。

周囲を見回した正太郎は、すぐに人目を避けやすそうなポイントを発見した。木々が立ち並ぶ上、看板も壁代わりに使えそうで——。

「あそこが良いんじゃありませんか……っ」

少しでもリードするつもりで言うと、すかさず手を握られた。

「そうね。行きましょう、正太郎君」

これから淫らな行為へ耽ろうというのに、眞由美の口ぶりは、後輩を遊びへ誘う学生のように軽やかだった。


「正太郎君はここへ横になって？」

「その……何をするんですか？」

「ふふっ、それは寝てから教えてあげる……」

例によってはぐらかされてしまうが、正太郎は素直に乾いた地面で仰向けとなった。

すると眞由美がスカートの裾を摘み、平然と彼の首を跨いでくる。さらに布地を腿の高さまで持ち上げて、膝立ちとなって。

「眞由美さんっ⁉」

青年の視界を占めるのが、木々と夜空から、女探偵のスカートの中身へ変わった。

ショーツの方は闇に紛れているものの、むき出しの美脚はほの白く浮かぶ。

――と思いきや、下着がよく見えなかったのは、色が黒いからだ。目が慣れれば、布面積が極度に狭い上、大部分がレース地で、肌を透けさせていることまで分かった。股間部を守るというより、申し訳程度に隠すことで、男の発情を促す卑猥な代物。食事する時も、カクテルを上品に飲む時も、眞由美はこんな紐みたいな下着しか、スカートの内に穿いていなかった。スカートだって、決して丈が長いわけではない。

それらの事実がやたらと淫らに思え、正太郎も勃起し始める。

体勢のおかげで、切っ先はすんなり臍の方へ向かったものの、それでも衣服の締め付けは痛かった。

「ぃ……おっ！」

呻いたところへ、眞由美が豊満な上体を倒してくる。彼女は片肘で自身を支えつつ、青年のズボンのホックとファスナーを外した。

足の付け根も大きく曲がって、ショーツの位置はさらにダウンだ。

スカートの中にあったためか、肌はちょっと蒸れていた。股間部からはフェロモンめいた湿っぽい匂いまで発散している。

単純に香しいとは言い難く、なのに異性を魅了して――。性の悦びを知る女性には、ふさわしい匂いかもしれない。

「この格好なら、お互いを気持ち良くできるでしょう？」

そう言いながら、美人探偵はボクサーパンツの前をズラし、肥大化しきった男根を丸見えにしてしまった。

「う……ぅっ」

屋外で性器を露出したことなんて、正太郎は子供の頃の立ち小便以来、身に覚えがない。羞恥心が強まりすぎて、変な趣味に目覚めそうだ。

頭の中が飽和状態になった彼は、眞由美のさらなる声で現実へ引き戻された。

「正太郎君……色々して、ね?」

「はいっ」

返事した拍子に、手順を頭の中で組み立てるより早く、両手を持ち上げてしまう。

この位置関係は、いわゆるシックスナインというヤツなのだろう。

とりあえず、妖艶な黒ショーツの股布部分へ指先を掛け、クイッと脇にどけてみた。

「あっ……!」

いくら暗くても、これだけ近ければ、秘所の形ははっきり分かる。

一番外にあるのが大陰唇だ。意外に肉厚で、柔らかさも満ちていて。

クッションめいた感触ならば、正太郎もよく覚えていた。が、本物が指へ当たる生々しさは、記憶など優に超えていく。

そこからはみ出す小陰唇も、薄いながら欲深そうだった。まして、こぼれ始めた愛液まで絡んでいては――。

(え……も、もう……!?)

そう。眞由美の割れ目は、行為の前から濡れ始めていた。ショーツと一緒に引っ張られた小陰唇の間では、膣口周りがピンク色に煌めいている。

一方、肉壺に通じる穴は、

(すごく……小さい……っ)

正太郎は男根を突き立てられたのが、今更ながら信じられない。

秘所の向こう側には、綺麗に手入れされた、黒い陰毛も見えた。

思わず生唾を飲みかけた時、眞由美が機先を制するように、右手で肉竿を起こす。

「んくっ!?」

涼しくなってきた九月末の空気よりも、指先はもう一段階、冷たかった。

そこからくぐもった声を大きめに、

「ぁあぁおっ……」

ペニスをズルッと舐めてくる女探偵。前回のフェラチオと位置が逆だから、舌は竿の裏ではなく、まず亀頭表面を直撃する。

そこから丁寧な摩擦が始まれば、生まれるのは突き刺さるような鋭い痺れだ。

さらに正太郎は、下向きの巨乳で腹までなぞられる。衣服越しとはいえ、ボリューム感は十二分で、ズシッとしながら、こそばゆい。

これはのんびりしていられなかった。下手をすれば、ろくに行動できないまま果ててしまうかも。

クンニの知識は乏しいが、正太郎は後頭部を浮かせて、眞由美の秘所へ唇を寄せた。可能な限り舌を出し、陰唇の片側を下から上へ。もう片方も逆向きに舐めてみる。

「ぁ……あぁんっ……正太郎……くぅ……ん、ふっ……」

眞由美の声が甘く弾む。青年もやる気をもらえて、楕円を描くように、クレヴァスの縁を連続して愛撫した。

牝蜜はしょっぱくて、それが擦るにつれて、濃さを増す。

しかも――トロォリッ。粘膜を湿らす程度だったのが、雫となって、舌へ纏わりついてきた。

「ん……むっ！」

正太郎は導かれるように、膣口へ舌を移した。円運動を一回り小さくして、ピンクの穴周りを丹念に縁取っていく。

舌触りが軟体動物じみたものへ変わると、眞由美も快感を胎内へ行き渡らせるように、ヒップをくねらせだした。

「ふぁ……ぁあんっ……そっ……うんっ……そんな感じで……もっとぉ……っ」

そうして彼女の舌遣いは、次のステップへ。

「ん、ふっ！　あ……んむぅうっ！」

水面へダイブするような勢いで、極太ペニスを一度に頬張る女探偵だ。正太郎を見舞う愉悦も、尿道を突っ切って、底まで届いた。

「う、あぐっ！」

想い人に触発されて、青年も愛撫を膣口へねじ込んだ。途端に舌を熱いヌメりで揉みしだかれる。

蜜壺は最低限の幅までしか広がらず、全ての襞が愛液で濡れていた。

勢い任せにお返ししたはずが、舌粘膜と肉棒を挟み撃ちされてしまう。

「まゆ……さ……ん、ぐ、くっ！」

「ん、ふっ、ひぅううっ！」

正太郎の危うい舌遣いに、女探偵も呻きを漏らし、快感を突っ返すように顔を浮き沈みさせ始める。

陰茎の皮を弄ばれて、正太郎は波打つように神経が疼いた。

しかも眞由美は、舌を亀頭から離さない。ピストンと同じテンポで、執拗に擦り立ててくる。

「んぐっ……ぅううっ、ふっ、ふっ、ひっ、ひぶっ……んぅうんっ！」

女探偵は舌先を器用に持ち上げていた。やっぱり上下の動き方で、エラの段差へ引っかけていくのだ。

「う……おぅうっ⁉」

正太郎は肥大化しきった牡粘膜が、唾液で消化されそうだった。竿も鋼じみた硬さを保つ一方、スペルマの通り道を緩めかけている。

咄嗟に息めば、却って肉棒が反り、脆い亀頭を舌へとめり込ませた。

「つあっ⁉」

彼が早々と限界間近なのは、眞由美もお見通しらしい。ここぞとばかりに攻勢へ出て、

「んっ、くっ、ぅむううんうっ！」

美貌どころか、上体まで持ち上げては落としだす。自分を支えるのに使っていた左肩は、腕立て伏せさながらに屈伸だ。生き物のように跳ねる髪でも、青年の股座をく

すぐってくる。

正太郎は脂汗が止まらなかった。それでも舌を連続で動かし、地下室でフェラチオされた時のように、顔の角度も変えてみる。

「む、く、ぐ……！」

「ひぅうふっ！　くっ、うっ、ゃはぅぅうっ！」

一応は眞由美にも効いているらしい。しかし彼女は、こういうテクニックもあるのよと示すように、律動を短いストロークへ変える。裏筋とエラを続けざまに伸縮させる。

しかもオマケさながら、巨乳をぶつける速度まで上げてきた。さっきまで腹をくすぐる程度だったのが、ムニュンムニュンとブラジャーの弾力まで使った体当たり。

ただし、正太郎もまだ降参したくない。

彼は四つん這いの眞由美がやっているように、頭を上下させてみた。

「まゆ……ぐっ、お、俺……っ……！　んんぉぅうっ！」

動きは拙いものの、首周りは丈夫な方だ。柔道で鍛えたのを活かし、休むことなく筋肉のバネを利かせる。

がむしゃらな往復が始まると、擦り出される愛液の量も倍近く増えた。しょっぱさは口中へ広がり、唇周りまでベタつかせる。

こうなると、時々は舌を引っ込め、汁気を飲み下さなければならない。

「ふぉう！」

彼も気が急いていて、下がる時、挿入の時、どちらも無意識に勢いを付けた。ゾリゾリと牝襞を乱暴に拡張する格好だ。

やがて、自分で気付く。愛液を嚥下する時、想い人は特に悩ましい反応を見せてくれる。

「んぐっ！」と舌を引っこ抜けば、

「ひゃうっ⁉」

盛大に痙攣したし。

荒っぽくねじ込めば、

「ん、ぃいむぅう⁉」

くぐもったよがり声で空気を震わす。

クンニのリズムが崩れる時、女探偵は愉悦を予測しきれなくなるらしい。

だったら、彼女が読めない動きを連発すれば——攻守逆転できるかも！

悶える眞由美を思い描いた刹那、正太郎は猛獣のように血が騒ぎだす。

もう屋外なのも気にならなかった。むしろ官能のスパイスだ。

「んぐぉっ！」

正太郎は唇を吸盤のように割れ目へ密着させた。そのまま、地下室で覚えたバキュームを、蜜壺内にお返ししてやる。

次の瞬間、変態じみた水音が公園の隅で破裂した。ズズッ、ズヂュズズゥウッ！

眞由美の声色も狼狽え混じりに変わる。

「んぁうっ！　ひっ、ぃひうっ⁉」

肢体を震わせた拍子に、肉竿を一段と深く咥え込む彼女。

「つ、ぁおうっ⁉」

口蓋垂を自ら刺激してしまったためか、硬直を解けないうちから、二度目の硬直だ。

これは上手くいっている——正太郎は吸引しつつ、顔を横へ振ってみた。空気の流れに揺らぎを付けて、あらぬ方へ襞を引っ張って。両手で美尻を押さえてしまえば、眞由美も苛烈な反撃を受け続けるしかない。

「んぐっ！　ひうっ、ひゃっ……や、そ、それだと……っ、音が……大きっ……やう⁉」

堪えかねたように、顔を浮かせて何か言おうとする眞由美。しかし、フェラチオが途切れれば、正太郎が一方的に舌戯をやれる。

眞由美が吸引を待てと言いたいのなら――！

彼は唇をくっ付けたまま、運動部仕込みの肺活量で、息を吹き込んでやった。

敏感ヴァギナを空気責めだ。びしょ濡れの唇と陰唇の間で、牝蜜をブチョブチョッと派手に泡立たせた。鳴らされる音の卑猥さは、吸引の時の比ではない。

「や、ぁうぅうっ⁉」

併せて危なっかしさを増していく、女探偵の悲鳴。

正太郎はここまで意地悪な手口を思いつく自身に驚いていた。

しかしやめる気にはなれない。眞由美に恥ずかしい思いをさせるほど、情愛はどんどん燃え盛る。

「ひはっ⁉　そ……その方法もっ……うっ、んくっ！　ひぶぅううふっ！」

このままではされっぱなしだと分かったのだろう。女探偵も喘ぎ声へ蓋をするように、ペニスを咥え直した。

そこを狙って、正太郎は吸引を再開させる。

「んぐっ⁉　ひ、ひうぅううっ⁉」

蘇るバキュームの刺激と音に、豊満な女体が引き攣って、抑えたはずの喘ぎは、ますます泣き声じみてくる。

だが、制止のセリフはもはや吐きにくいはずだ。口淫を中断すれば、その隙にやられ放題なのだから。

ピンチに陥った女探偵は、主導権を取り戻したがるように、短いピストンを再開させた。責めをカリ首周辺に絞り、竿と裏筋を高速で扱き立ててくる。

「お、まゆ……み……さ、うぅぐっ⁉」

追いつめられていても、男を惑わす術までは忘れていない。激流じみた肉悦に、正太郎は神経が蒸発しそう。

とはいえ、もう女探偵のマゾヒスティックなイメージは覆らなかった。

唇を浮き沈みさせる彼女は、まるでヘコヘコとペニスへお辞儀しているみたいだし、上体をくねらせ、乳肉を自ら歪ませようともしている。

正太郎は舌を繰り出して、手負いの獣のように、居並ぶ襞を引っ掻き回した。熱く蕩けた秘洞を、摩擦でさらに火照らせてやる。

眞由美もむせび泣きながら、またスピードアップだ。

「んひっ！　き、ひっ、ひうっ、やぷ、やっ、ん、んむぅうっ！」

首を傾け、先に青年を絶頂へ打ち上げようとする。

今度は正太郎の呼吸が続かなかった。

「ぷはっ！」

酸欠と愉悦で朦朧となり、堪らず顔を秘裂から離す彼。

——そこで割れ目の惨状を、至近距離から目の当たりにした。

眞由美の大事な場所は、唾液と愛液でびしょ濡れだ。

小陰唇は充血してはみ出し、大陰唇は押しのけられたように広がって。切羽詰まったフェラチオによって、拘束されながらも上下に揺れようとするのが、まるで呼吸しているみたい。

見ていられたのはほんの一瞬だけだった。あまり呆けていたら、また立場が逆転してしまう。

「う、あ、ぉあっ⁉」

もう舌を使うだけでは物足りない。

正太郎は右手を相手の腰からどけると、汗まみれになった人差し指と中指を、肉壺の入口へあてがった。左手の方では愛しい女性を押さえ続けているから、狙いは至極つけやすい。

「や、うぅうっ⁉」

新たに感じた硬さで焦ったように、眞由美がもがこうとする。しかし、遠慮しない。ズブズブズブッと、舌が届かない深みまで、指を二本とも突き立てた。

秘所は襞をヌメらせながらも極小だ。溜まった愛液も温まり、揉みくちゃにされた正太郎は、指の血が沸騰しそう。

ただし受ける衝撃は、眞由美が格段に強かった。

「ん、くぁあぁむっ！」

織細な道を蹂躙されて、打ち震える彼女。

正太郎が指を曲げれば、女探偵は呼吸困難へ陥ったように、首を横へ何度も振った。

「ひぃんむうぅっ！　んぎっ、ひゃ、ぉおうくっ！」

「ぉ、つ、うっ⁉」

肉幹を棍棒のように揺すって正太郎を唸らせた末、のけ反りながらペニスを吐き出して。

「指っ、やっ、そこっ、こ、擦られたら……ぁっ、私が……やれなくなっちゃう……からぁっ！」

訴える声には、粘液じみた音も混じっている。牡汁が口腔に絡み付き、糸まで引いているのだろう。

ともかく、正太郎に耳を貸す気はなかった。爪で傷付けないように気は配るものの、指の腹では容赦なく擦る。周りは全て性感帯だから、ドリルさながら手首を回し、嬲る場所をどんどん変えていく。

「ひうっ！　や、んんう！　しょ、正太ろっ……君っ……待ってて……ぅはうっ⁉　嘘っ⁉　やっ、やっやっ、やは……ぁ⁉　どう……してっ……こんなっ、う、上手くなるのがっ……んはっ、早すぎ……ぃっ⁉」

嬉しい評価だった。牝汁も顔へ垂れてきて、受け止めるために再び陰唇へ口をくっ付ける青年。指で膣内を踏み荒らしつつ、外側もしつこく吸いだした。

「う、くっ、ふゃあうっ⁉」

背筋を反らしていた眞由美が、いきなり倒れ込んでくる。バストも平たく潰れてしまって、もう元の形に戻せない。

まるで快楽へ屈服したようなその姿勢。

しかし、眞由美は突っ伏したまま、そそり立つ肉棒を握り直して、なりふり構わぬ手コキを開始した。

「もぉイッてっ、しょ、たろ……くぅうん！　すごい臭いの精液をっ、早く飛ばしてぇえうっ！」

野外で哀願しつつ、握った手を上下。時に捻りを加えて、裏筋をあらぬ方へ引っ張った。勃起の角度もグリグリ変える。

「お、お、おぉおっ⁉　眞由美さんこそっ、イッ……イッてくださいぃぃい！」

正太郎は唇を割れ目へ戻せない。

挙句、今まで堰き止めていたザーメンも、反乱を起こすようにせり上がってきた。

崖っぷちに立たされた彼は、指を滅茶苦茶に暴れさせる。二本の指を別々にのたくらせたり、広げて作ったVサインを膣内で回転させたり。

濡れ襞に絡まれっぱなしだと、溺れかけているような気になってきた。だから動きはますますがむしゃらになる。指が交互にのたくれば、まるでバタ足さながらだ。

だが、暴れる間にも精液は昇ってきた。それを無理に抑えれば、切迫感が延々持続する。

「しょ、正太郎君っ……やうっ、イッ……てっ、イッ、ぃいひっ……⁉」

女探偵と愉悦を押し付け合いながら、もう正太郎は自分達がどうなっているか分からない。それでも一際強くほじった瞬間、眞由美が吐き出したセリフだけは、はっきり聞き取れた。

「んぁううっ⁉　わ、分かったからぁっ！　私っ、イクから……くぁあんうっ！

あ、あなたもっ……正太郎君もっ……ィッ、イッてぇえっ！」

「う、ぎっ！」

ずっと聞きたかった、『イク』というぅ予告。

思わず正太郎は、擦ったポイント上で指が固まってしまう。後は振動を送り続けるのが精一杯だ。とはいえ、その一点こそ眞由美の弱点だったらしい。

「ひはぅうん！　イッ……イクぅううっ⁉　私っ、本当にイカされちゃうぅぅうんっ！」

女探偵の抑えきれない声を聞きながら、ペニスの中もいっぺんに開いた。白濁の奔流は痛烈で、尿道を突っ切った後、虚空へビュルッ、ビュルルッと飛び上がる。

眞由美からは、それが噴水さながらに見えたことだろう。

「や、あっ……あっ……ぉ、ひぃいんっ⁉　出てるぅっ！　正太郎君のがっ……すごく近くでっ！　しょ、おぉうっ！　正太郎っ……くぅううぅうんっ！」

スペルマの臭気にやられ、指戯にもやられ、眞由美の秘洞が収縮をした。ただでさえ狭かったのが、荒っぽい愛撫を巻き取りかねない窮屈さに変わる。

「う、ぁっ⁉」

正太郎は神経まで縛られるようだった。しかし唸りながらも、奉仕は止めない。襞と指とを小刻みな動きでぶつけ合う。

「あ、ひぃいいううっ!? んくっ、ふ、ぅ、ううぅうっ！ ぅあっ、うっ、あぁうっ！ ひぅぅうぅふぅううぅうっ！」

いつの間にか、眞由美は唇を正太郎の太腿に押し付けていた。

懸命に嬌声を押し殺しつつ、ブルブル痙攣しっぱなし。特に下半身は抱えきれない法悦を追い出すかの如く、断続的に波打ち続ける。

(もしかして眞由美さん、イッてる……っ!?)

それはおおげさでなく、正太郎が待ち焦がれた瞬間だ。昂ぶりに手が震えてしまい、食い締めてくる膣肉を尚も抉り抜く。

「んひっ!? ひ、ひぃいいうぅぅうんぅううっ！」

内からノックされた眞由美も、尻たぶをふしだらに飛び跳ねさせた。

もう間違いない。自分は憧れの女探偵を昇天させられたのだ。

だが、彼は一つ勘違いをしていた。

眞由美はイッたのではない。イキ続けているのだ。

「ひぅううんっ！ くひっ、ひっ、ひゃめっ……ゆっ、ぃひぎっ!? んぅううっ!? もうっ……イッてっ……イッた……か、らぁうぅううっ！」

女探偵のあられもない悲鳴は、唇に蓋をしつつも、夜の公園へ垂れ流され続けた。

「はぁっ……ん、は、はぁっ……ぁ、はぁあっ……」

「ふうっ、ふぅっ……ふぅぅ……っ」

シックスナインが終わり、正太郎達は公園の地面に寝転んで、オルガスムスの余韻を味わっていた。

すでにペニスからも、精液の大部分が拭き取られている。眞由美がポケットから出したティッシュで、綺麗にしてくれたのだ。

青年の上から退いた女探偵は今、身を反転させた仰向けの形で、木々をぼんやり見上げている。

正太郎も、四肢を弛緩させて寝そべっていると心地よかった。しかし、ここで誰か通りかかれば、通報されかねない。

「く、お……っ」

彼は半身を起こし、眞由美の顔を覗き込む。

「あっ……駄目よ……私……すごい顔になってるものっ……」

眞由美が決まり悪そうに、右腕で表情を隠した。確かに、少しだけ見えた彼女はしどけない。

頬は赤らみ、汗びっしょり。口紅を洗い流さんばかりに、唇へ唾液と先走り汁がこびり付いており、セミロングの髪もグシャグシャだ。

だが正太郎の目には、それらがすこぶる魅惑的だった。

「今の眞由美さんだって……すごく可愛いですよ……」

「も、もうっ……からかわないのっ……」

青年の感想は、照れ混じりに拒まれてしまった。しかし眞由美は、一呼吸の間を置いた後、詠嘆気味に口調を変える。

「……私……まだ三回目なのに、君の手でイカされちゃったのね……。あっという間に、教えることがなくなりそうだわ……」

「え、そ、それは……っ」

正太郎は慌てた。眞由美と致せなくなるのは嫌だし、まだまだ教えてもらいたいことは多い。

そこで眞由美が腕を目元からどけた。

「ふふ……正太郎君のエッチ」

彼女もだんだんペースを取り戻せてきたようだ。

顔が熱くなる正太郎だが、エロ認定された以上、気取らずにリクエストをしてみたい。

「眞由美さん……俺、キスの仕方も教えてほしいです」

まだ一度も彼女と口付けをしていないのだ。というより、誰かとキスしたこと自体ない。

「初めてのキスは、眞由美さんとがいいんです」

「だ……駄目よ……」

「え？」

「私の唇、今はベタベタだもの……」

返事に困る正太郎へ、彼女が苦笑気味に目を細めた。

「そんながっかりした顔しないで？　私……次は場所を変えて、正太郎君の別の初めてをもらっちゃおうって企んでるんだから」

「と、いうと？」

「ふふっ……、初めての……。コンドームを使わない……。生セックス」

挑発するように、眞由美は一語一語を区切って発音する。しかし内容が衝撃的すぎて、正太郎は咄嗟に飲み込めなかった。

「え、え？」

「今日は危険日から遠いのよ。探偵事務所までもうすぐだし、足を伸ばせばラブホテルもあるでしょ？　正太郎君の好きな場所でどうかしら？　エッチの先生としては、シックスナインでイカされた分を取り返さないと、ね……」

やっと意味が脳みそへ染み入った。

刹那、鼻血が出かねないほど発情させられる。

正太郎は衝動的に身を乗り出して吠えた。

「だったらここで！　ここで続けませんか！」

青姦が無茶なことぐらい、分かりきっている。身体を起こしたのだって、元は人が通る前に退散したかったからだ。

しかし、眞由美をイカせた流れに乗っかれば、実力以上に上手くやれそうな気がした。がむしゃらに前後するのみだった昨日とは違う。きっと色々な動きを試せる。

眞由美は目を丸くして青年を見上げたが——すぐに驚きを隠して、ゆったり微笑んでくれた。

「だったら、しちゃいましょうか。君が忘れられないぐらいの、凄い『初めて』に……ね？」

モゾリ、と夜の草むらで、美脚が大胆に開かれて。

「はい……っ」

正太郎もつんのめるように、眞由美の太腿を跨いだ。股の間へ身を置いたら、型崩れしていたスカートの裾を捲る。

セクシーな黒ショーツは、秘所の上に戻っていた。そこへ再び左手の指を引っかけて、ヌチュッと貼りつく抵抗を感じながら、股布部分を横へとどける。

眞由美の秘唇は淫らに綻びながら、愛液が微かな光を反射していた。正太郎は大きいままの陰茎を右手で握り、受け入れ態勢万全の割れ目へ亀頭を密着させる。

「ふ……ぅっ！」

早速の痺れに、鳥肌が立った。ゴム膜が一枚なくなっただけなのに、挿入の喜悦は跳ね上がりそうだ。

咄嗟に動きを止めた彼は、性器の上で視線を固定する。息を整えてから、改めて亀頭を割れ目に沿って上下させてみた。

大陰唇がクニックニッと広がって。そこへ特大の亀頭がめり込んで。これだけで十分に卑猥だが、さらに三度目の往復で、鈴口が深みのある穴に引っかかった。

「ぁ、おっ！」

武者震いする正太郎。これまでの経験が役立って、独力で入口を発見できたのだ。

眞由美の方もさりげなく腕を動かして、声を堪える準備のように、右手の甲を口へ乗せていた。

——やるぞ！

勢いを衰えさせないため、青年は敢えて力強く腰を繰り出す。

直後から、うねる膣壁によって、むき出しの牡粘膜を抱きしめられた。

「おっ、おうぅぅうっ⁉」

熱い。熱い。いきなり熱い。

前進すれば、牝襞は次々とぶつかってきて、亀頭が煮崩れを起こしそう。

ちゃんと分かっていたつもりだが、生の擦れ合いは予想を超えていた。

眉間へ皺が寄る。押し出されるように汗が浮いてくる。

下では、眞由美も手の甲を唇へ押し当てながら、やっとのことで嬌声を封じていた。

「ん、くぅうぅっ！」

「眞由美……さっ……！」

反射的に名を吐き出しかけたところで、子宮口へ辿り着く。かかった時間は僅かだが、逆に言えば、短い間に全ての襞と睦み合った訳だ。肉の壁で押し返された鈴口など、潰れんばかりに疼いてしまう。

さらに動きを止めても、快感は薄れなかった。むしろ粘膜を撫でくられ続け、ジワジワ上昇していく最中。

そこで眞由美がすがるように見つめてきた。

「ん、くっ……正太郎、君っ……！　すごく逞しいやり方……っ！」

際どいタイミングで視線が交錯し、青年の心臓は大きく跳ねる。

「こんな乱暴な動きじゃ……駄目でしたか……っ？」

「ううん……もっと強くしてもいいわっ……。私の身体に……君の『初めて』を覚え込ませてっ……！」

むしろ、求めてもらえた。ならば可能な限り、情熱的にやりたい。

「はいっ」と正太郎は腹筋を固め、雄々しく後退し始める。

「あ、おおぅうっ⁉」

愉悦は一層凄まじかった。邪魔なコンドームがないおかげで、カリ首を段差の陰までしゃぶられる。まるで無理やり引き止められるようだ。

「ぐくぅううっ！」「ぃあぅううんっ！」

陰茎が抜けきる手前で、正太郎は動きを止めた。ペースは落とさずに済んだものの、エラが果てしなく疼き、射精とは別の形でパンクしそう。

それでも続けて二度目の突撃に挑む。

「んいぃいいっ⁉」「きひぅううっ！」

火傷しそうな衝撃に、眞由美と揃って声を裏返らせて――。

後はとことん律動だった。

ズポッ、ズブッ、グポッと、ヌメる襞をレールさながらに。下半身の筋肉だけでなく、ガッシリした背筋もうねらせる。

正太郎が選んだのは、一往復ごとに止まっては、気力を高め直すやり方だ。鈴口と子宮口の衝突も毎回物凄く、牡粘膜は猛スピードで磨かれる。尿道の奥で、精液が噴火寸前のマグマ同然となった。

「眞由美さんっ……眞由美さんのおマ〇コっ！　グチャグチャにっ！　なってますっ！」

青年は昨日使われた淫語を吐き出してみた。

しかし、眞由美からは返事が来ない。彼女は口を押さえたまま、目もきつく閉ざし続けている。

「んひっ⁉　ひぅううっ！　くっ、ぅいぃいいふっ！」

唇から漏れるのは、危機感たっぷりの呻きだけ。喋るために右手をどかそうものなら、即座に喘いでしまうのだろう。

愛液も我慢汁とブレンドされながらかき出され、外出用のスカートに大きく染みを作っていた。

「く、ぅうっ！」

とうとう正太郎の方もオーバーヒートを起こしかける。彼は最深部まで穿ったところで、ブレーキを掛けた。

「ふ、ぅ、う……っ⁉　ひ、ひうぅっ！」

牡肉の猛攻が止まっても、眞由美はなかなか硬直を解けなかった。数秒の間、ヒクヒクと痙攣してから、ようやく正太郎を見上げようとする。

しかしその時には、男根の内でスペルマの兆しが薄らいでいた。だから青年は、女芯へ押し込んだままのペニスを、時計回りに動かしてみる。

これまた気持ちいい。膣奥では、襞が細やかなハケのようになっており、怒張の切っ先を、ザワザワと甘く撫でてきた。

もっとも眞由美の方は、慌てて目を閉じ、手を口へかぶせ直している。

「ふあっ……あ、やうっ……んぐううっ！」

そこを狙って、ペニスを逆回転だ。

亀頭も裏筋も捩れそうだが、それ以上に眞由美の意表を衝きたかった。

「ひぅぅ……ぅううっ⁉　や、ぁひっ！　あンっ！　うっ……う……ぅくうぅぅっ⁉」

目論見通り、美人探偵は首をぎこちなく揺すりだしている。

そこをまた唐突に右回転へ切り替えて。

「ん、くふぅうっ⁉」「つ、ぅお⁉」

愉悦の急な変化は、動き方を決定している正太郎でさえ、ついていくのが難しい。

とはいえ、眞由美の喘ぎは耳に心地よく、手管も尽きることなく頭の中へ湧いてきた。

今度は長々と同じ方向へ回――すように見せかけて、不意打ちで抽送を復活させる。

ただし、さっきのピストンとはリズムを変えて、休みも一切挟まない。連続で、猛スピードで、貪るように抜き差しだ。

摩擦は一層きつくなり、エラも忙しく捲られた。

「まゆ……さっ、んっ！　ぐっ、ぐ、くっ……！」

「ひゃふぅぅうんっ⁉　ひっ、ぃひぃいいっ⁉」

渦巻く快楽の狂おしさに、亀頭と熟れた牝襞が溶け合ってしまいそう。

だが、眞由美の抑えたよがり声にビブラートがかかるのを聞くと、テンポを抑える気になれなかった。

やることなすこと図に当たるこの状況。愛しい女性をイカせて自信が付いていると いう判断は、完璧に正しかったのだ。

正太郎は逸物を槌のように使って、子宮口を打ち据えた。股間の髄まで響く衝撃に、自身も深く酔いしれた。

「このまま続けますっ！　嫌だったらっ、教えてくださいよっ⁉」

「ひぐぅううっ！　んぎっ！　ひぎひぃいっ⁉　ひゃぁおうぅうっ！」

すでに眞由美は右手だけで声を抑えきれなくなっており、左手まで口に乗せている。

その我慢を決壊寸前まで追いつめた後、正太郎はまた緩やかな円運動へ立ち返る。

今度はさっきより時間をかけた。眞由美も身震いを鎮めていける。

「ひ、うぅうっ……んくっ……ふ、ふぅう……！　しょ……正太郎……君……っ」

今度こそ口を使えるようになった女探偵だ。しかし、次に出てきたセリフときたら。

「……どうしようっ……私……！　ぁ、ふっ……君のおちんちんが気持ち良すぎてっ……頭がおかしくなりそうなの……っ……！」

これでは青年のブレーキも決定的に砕けてしまう。正太郎は眞由美の手を掴み、血走る瞳で見下ろした。

「眞由美さん……この手をどけていいですか……っ。もっとあなたの声を聞きたいんです っ！」

野外で。人が来るかもしれないのに。よがってほしくて堪らない。

彼の身勝手な頼みへ、しかし眞由美は己を投げ捨てるように、頷いてくれた。

「ぅ……ん……！」

「じゃあ！」

眞由美の両手を、地面へ移動させる正太郎。そうして手首を捕まえたまま、膣肉へ獰猛なピストンを打ち込み始めた。

過度の肉悦が荒れ狂い、美女の呻くボリュームも格段に上がる。

「ひぅうぅっ⁉　くぁっ……っ、ふむぅううんぅうっ！」

一応、唇はまだ噛みしめられていた。だが、細い喉はクッと反るし、たわわなバストは押し上げられるし、長くは堪えられそうにない。

ヂュプッヂュポッヂュプッと、愛液も粘着質の音が最高潮だ。

正太郎はさらに突く。ペニスを暴力的に使うほど、肉襞の反撃も荒っぽくなって、体液は内外で煮え立つかのようだった。しかし、サディスティックな興奮には拍車がかかる。

相手の両手を拘束したまま、媚肉を引っ掻き回しているのだ。自然とのしかかるような、草むらで凌辱するような体勢となる。

「眞由美さんっ……もっと！　もっと声っ、出してください！」

長いストロークで秘洞を掘り返しては、纏わりつく濡れ襞をかき分けた。次の瞬間には、短いストロークで最深部へ攻撃を絞り、肉壁の弾力を抉りに抉った。

若さ任せの腰遣いに、とうとう眞由美も陥落してしまう。ビクンッとのけ反った彼女の赤い唇は、

「ひっ、ぅううぅぁあっ！　ひあっ、ひはぁやあああっ⁉」

泡立つ涎を粘つかせながら全開となり、もはや閉じ直すことなど叶わない。今やセクシーとすら評せない。

淫ら、ハレンチ、恥知らず。そんな表現がぴったりのまま、よがり声を野外にまき散らしだす。

「あひっ⁉　きひゃぁああっ！　やっ、やっ、そこはっ……つあぁああっ⁉　ぉ奥はっ、んくぁあうっ⁉　も、もぉ許してぇえっ！　おちんちんをぉほぉおっ、こっ、これ以上ぶつけないでぇえ！　感じすぎちゃうっ……からぁあんっ！」

地面の上でもがく眞由美の姿には、混乱と情欲が如実に表れていた。

それらをさらに暴き立てていく正太郎だ。

時に円運動も交えるが、もはや休憩めいたものではなかった。グリッグリッと竿を振り回し、極小のヴァギナを開拓していく。

「ぃひぎいっ⁉　それもっ、それも無理ぃいっ！　広がるからっ……！　おぉおチンポでぇえっ……こじ開けられるうぅうっ⁉」

「眞由美さんっ！　眞由美さんっ！　眞由美さんぅうっ！」

もう青年には女探偵しか見えなかった。汗も時折、真っ赤に染まった眼下の美貌へ垂れる。それがまた、大切な人を穢している背徳感を煽った。

止まらない劣情に、精液も竿の半ばまで侵攻してくる。

「ふ、ぐっ！」

もはや眞由美の喘ぎと一緒だ。堪えようにも長くは持たない。切羽詰まった想いで、鼓動も極限まで速まってしまう。

「おっ、おぉおっ、俺っ、ぇっ……そろそろ出そうですっ！　眞由美さんっ……どこっ、どこに出せばっ、いいですか……っ⁉」

「ふきぃいんっ⁉　で、出るの……ぉおうっ⁉　君のっぉっ……せぃえっきひぃいっ⁉」

牝猫めいた鳴き声を、眞由美が上げた。次の瞬間、彼女の方まで絶頂の扉が開きかけたらしい。

「うぎひっ⁉　やっ、ひっ、あひひぃいいんっ⁉」

美人探偵はよがり狂いつつ、支離滅裂な随喜の喘ぎを、懸命に言葉へ変えようとしていた。

「はぅっ、うんっ！　きっふぅぅうんっ！　中にぃっ、中にビュクビュクしへぇえっ！　私のおマッ……コっ、しっ、子宮までぇえっ、全部っ、正太郎君で独占してぇぇぇぇっ！」

「う、ぎっ⁉」

まさかここまで欲しがってもらえるなんて。

正太郎も唸らされ、スペルマは発破を掛けられたように、出口へ迫る。これは絶対に押し戻せない。すでに男根内が、ゲル状の圧迫感でいっぱいだ。

「でっ、だ、出します！　俺っ、眞由美さんの中に出しますっ！　ザーメンとチンポでっ！　眞由美さんのおマ○コをいっぱいにしますっ……ぅぁおおおっ！」

思いつく限りの下劣な単語を投げつけた。そうしてありったけの愛情を籠め、膣口から最深部までまっしぐらに駆ける。

亀頭も、牝襞という牝襞にぶつかっていた。

一擦りだけでも絶頂へ連れて行かれそうな痛烈さ。それが蜜壺内を走る間に、数えきれないほど連発される。

仕上げはジュブブゥウッと、子宮口へのディープキスだ。

「う、あっ、うぁあああっ⁉」

怒涛の法悦に見舞われる切っ先へ、白濁も一斉に押し寄せた。ヨーグルトめいた粘液塊は、出口を割った勢いのまま、子宮まで乱入していく。

「イッ……あっ！　イクのッ！　私もっ……イクぅううぅっ⁉」

眞由美は結合部に重みを掛けられ続けていた。膣肉も竦み上がって、射精中の巨根をがむしゃらに抱きしめる。

本日二度目のオルガスムスが——女体の芯で大爆発だった。

「うぁあっ！　ひ、ひぃいっ！　イクッ！　やひひぃいぅうううあぁおっ⁉　イクのっ、イクイクッ、イクぅうっぁあああぁぁおぉおおっ！　ぅうううくぅぅうあっ、あはあぁあああんぅううやぁぁぁあああっ！」

アクメの声は大ボリュームで、公園の外まで飛び出てしまいそう。

果てている途中の肉棒を圧迫され、鼓膜までガンガン揺さぶられ、正太郎も目の前で白い星が飛び交う。

「う、ぉ、ぉおぉお……おっ⁉」

しかし彼はヘタれなかった。敏感な亀頭を膣奥へ押し当て続ける。

「ぅ、ぁっ、や、やぁあっ⁉　もうっ……こ、壊……れっ……うぃひぃいいっ⁉」

「眞由美さんっ！　まだですっ！　まだっ、俺っ……出せそうですっ！」

美人探偵に狂乱の涙を流させ続ける青年は――。

『勉強』次第で――。

まだまだ成長の余地がありそうだった。

ペニスを秘所から抜いた時、正太郎の疲労は相当なものとなっていた。

「ふ……く……」

眞由美へ倒れ込むのを避けるため、彼女の隣でゴロンと横たわる。

仰向けになると、何本もの木が視界に入った。枝と葉の隙間からは、夜空も見える。

「ふ、ぅぅうっ……」

公共の場で淫らな行為に耽り、しかもペニスを出しっぱなしなのに、想い人と頭を並べて寝そべると、変な清々しさを感じた。

「……起きてますか？　眞由美さん……」

「ぅん……ええ……ここで寝ちゃったら……大変だもの……ね……」

眞由美の返事は、ひどくぼやけていた。満足そうではあるのだが、気を失う寸前のよう。

これはヤリすぎだったかもしれない。

とはいえ少し休めば、正太郎の方が体力を回復できるだろう。そうすれば、探偵事務所まで送っていける。

心身ともに立ち直りの早いのが、彼の取り柄だ。

だから、今は気持ち良く横たわる。

（……俺、これからも眞由美さんの傍に居たい……）

正太郎の気持ちは憧れを通り越して、すでに確固たる恋情となっていた。

しかし大きな問題がある。今でも弁護士になりたいのだ。

司法試験を見据えるのなら、探偵事務所で長くは働けないだろう。源元教授から指示されたスパイの期間だって、残りひと月ちょっとしかない。

果たしてどうするのがベストなのか。

（早く……答えを見つけないと……な……）

と、そこで自分がうつらうつらしかけているのに気付いた。

回復を待っていたつもりが、これ以上のんびりしていたら、熟睡しかねない。

「眞由美さ……いえ、所長」

「……ぇ……？」

「そろそろ、公園から出ませんか？　眠いようなら、俺がおぶっていきますよ？」

「うん、じゃあ……お願い……」

トロンと小さく笑う眞由美。彼女の顔は、青年を信じきっているように、ひたすら無防備だった。

第四章　探偵の嘘とアダルトグッズ

玉村探偵事務所で働くようになってから、二週間と少し。三度目の火曜日。

正太郎は一回目の中間報告のため、学部長室を訪ねていた。

「じゃあ聞こうか。姪はどんな仕事をしているのかな」

「はっ……」

源元英雄へ伝える内容は、事前に眞由美と相談しておいた。

もっとも、伏せるように指示されたのは、たったの二点——依頼人の個人情報と、自分達の関係だけだ。それぐらい、正太郎も端から心得ている。

（つまり、大人の『勉強』を餌に俺を取り込む必要なんて、元々なかったんだよな……）

この点だけなら今更の話かもしれないが、他にも好きな相手の真意を量りきれない場面があるので、時々もどかしい。

ともあれ、今は雑念を捨てなければならなかった。

「……事務所で受ける依頼は、他の探偵と一緒です。ペット探しや浮気調査、人探し、身元調べなどが主でした」

「ほほう」

そこから始まった英雄の追及は、なかなか細かかった。

――探偵というと、他人のプライバシーをほじくる汚れ役が多いのではないかね？

――いいえ。後ろ暗いと感じた仕事なら、所長は迷わず断ります。

――仕事をえり好みしていては、収入が少ないんじゃあないか？

――収入ならコンスタントにあります。助手時代から築いてきた人脈が、今も広がっているんです。

一時間以上もこれが続き、やっと彼も納得してきたらしい。

「姪の仕事ぶりには、曇りがないということか。なるほど、分かったよ。ありがとう」

その返事に正太郎も安心しかける。

だが、直後には別の質問をぶつけられた。

「最後に個人的なことだ。君から見て、姪はどんな女性かね？」

「…………と……いいますと？」

「この先ずっと、探偵を続けられると思うかい？」

二人の秘密を勘ぐられた訳ではなかったらしい。

なのに、正太郎は『思います』と即答できなかった。

原因は自分でも不明だ。

しかし、視界の隅でチラついていた不安定な影が、急に接近してきたような感覚がある。まだ全体像は分からないのに、首筋がゾワゾワした。

「はい……やれるのではないでしょうか……」

遅れてそう応じる彼を、学部長は探るように見据えてきた。

「……僕が考えるにね、眞由美はさほど強い娘ではないんだ。能力そのものは高いから、大抵のトラブルなら解決できる。だが、周りに笑顔を見せつつ、疲れを溜めているんじゃないかと、そう思えてしまう。あの子は昔から、他人事でも自分の問題のように受け止めてきたしね」

しかし言うだけ言うと、彼はさっさと話を切り上げる。

「まあ、君が弁護士を目指す以上、僕も長く拘束する気はないよ。今の話は、頭の片隅に残しておいてくれればいい」

用件は以上らしい。

素直に立ち去るべきか、とも思ったが——土壇場で落ち着かない気分にさせられてしまった。

今日までに見聞きした眞由美の悩みの源といえば、親との確執だろう。

そこで英雄に聞いてみる。

「……先生、玉村所長のご両親はどんな方なんでしょう？」

途端に渋い顔をされた。

「姪から聞いていないのかい？」

（あ……焦りすぎた、か？）

己の軽率さを悔やみたくなる正太郎だ。

しかし、溜息混じりに学部長は語りだした。

「眞由美の父はねぇ……社会的な地位こそあるが、自分を大きく見せたがる、臆病でズルい男だよ」

「はぁ……」

それが事実なら、とっくに手を離れた娘の転職を、苦々しく思い続けているのも頷けた。

「母親の方はもう亡くなっているね。見合い結婚で嫁に来たんだが、眞由美と違って、純粋に強い女性で……いや、正義感が有り余っていて、実にきつい性格だったな」

最後には苦笑が混じったが、二人とも学部長の天敵らしい。あまり食い下がっても、不機嫌にさせてしまいそうだ。

「ありがとうございました。……では失礼します」

ソファーから立ち上がって大きく一礼し、正太郎は学部長室を後にした。


大学を出た正太郎は、探偵事務所へ向かった。火曜は本来の出勤日ではないものの、英雄との会話の内容を、眞由美へ伝えねばならない。

そして事務所がある雑居ビルの前まで来てみれば、見知った顔がウロついていた。

「よお、瑠実。こんな所でどうした？」

「きゃっ⁉」

背中に声を掛けると、少女——井上瑠実はウサギのように飛び跳ねる。

「やだっ、正太郎っ！　おどかさないでよっ！」

「おお、すまん」

瑠実とは幽霊騒ぎの後、あまり話をできていなかった。

父との件なら解決した、と電話で知らされたものの、その後が気になっていたのだ。

今日の彼女は、ミッション系の学校の制服を着込んでいる。ライトグレーを基調に、シックながらも洒落たデザインで、いかにもお嬢様風。

事務所の周辺は決して物騒ではないが、一人で放っておくと目立ってしまう。何より、下校途中で足を伸ばしてきたからには、特別な用事があるはずだ。

(どうしたものかな……)

瑠実のことだし、普通に呼んでも、ついてくるとは限らない。

そこで正太郎は、ちょっと強引に行くことにした。

「よっし。せっかく来たんだ。お茶かコーヒーぐらい飲んでいけよ」

言うや否や、少女の片手を握って、雑居ビルへ引っ張り込む。そのまま階段もズンズン昇る。

「ちょっと、正太郎っ⁉ 離してよっ。これって傍から見たら誘拐犯っぽいわよ⁉」

瑠実はギャアギャア騒ぎだしたが、力は正太郎が断然強い。それに近所の人達とは顔見知りになっているから、怪しまれる心配もないはずだ。

そのまま事務所のある三階まで来ると、瑠実も諦めたらしい。

「分かったわよ。ちゃんと寄るってば！ あんた、初めて会った時より強引になってない⁉」

「ん？ そうか？」

正太郎は手を離す。

そのまま事務所まで行ってドアを開けると、眞由美はいつも通り、デスクの向こう側にいた。

「お疲れ様、吉尾く…………あら、井上さん？」

さすがの女探偵も、瑠実が一緒に来たのは予想外だったらしい。

しかし、すぐに笑みを浮かべて立ち上がり、小さな客を出迎えた。

「いらっしゃい、井上さん。次の仕事まで、後一時間半ぐらい余裕があるの。それまでお喋りしていけないかしら？」

「もう似たこと、正太郎に言われた。だから来たのよ」

「そうだったの。じゃあ、すぐにお茶とお菓子を用意するわ」

事務所の主は自ら、いそいそと給湯室へ入っていく。子供に親切なのは下心ゆえ——なんて言っていた彼女だが、それだけでは説明のつかない、優しげな笑顔だった。

お茶の用意ができて、正太郎達はローテーブルを挟んでボロソファーへ座った。

「で、親父さんとはどうだ？　上手くいってるか？」

単刀直入に問えば、当然と言いたげにふんぞり返る瑠実だ。

「もちろんよ。あたしだって、パパの映画とか趣味は前から知ってたもん。女装ぐら方が気持ち悪いぐらい」


いで、いつまでも驚いてられないわよ」

「ふふっ、もう全然気にしていないのね？」

「逆にパパがあたしへ遠慮してるわね。時々、変な声で機嫌を窺ってきて、そっちの方が気持ち悪いぐらい」

眞由美へ突っかからないのは、今度こそストレートに感謝したからだろう。

しかし、正太郎は首を傾げる。

(家庭の事情じゃないとすると、何の用があるんだ？)

特別な目的で訪ねてきたことは、眞由美も察しているだろう。ただ、催促するつもりはないらしい。

しばらく他愛ない世間話が続いた。

やがて、瑠実が「ね、ねえ」と口調を変えてくる。

おっ——と正太郎が身構えると、彼女はおずおずと上目遣いで、

「シレの飼い主の連絡先って……やっぱり教えてもらえない？」

それが本題らしい。

難しい問題でなくて良かったと思う反面、少し呆れてしまった。

「写真なら、瑠実が満足するまで見せるって。それで妥協してくれよ」

「わ、分かってるわよっ……でもっ」

その時だ。眞由美がおかしなことを言いだした。

「ええ、依頼人の身元は明かせないわ。だけど、もしも井上さんと私に共通の知り合いがいて、名指しで伝言を頼むなら……引き受けられると思うの」

「え？　そ、それって……」

目を瞬かせる瑠実に、眞由美は勇気を送るような微笑。やがて彼女らの間で、何かの了解が成立したらしい。

瑠実は茶碗をローテーブルへ置き、つり上がり気味の瞳を伏せた。そして消え入りそうな声を搾りだす。

「だったらお願いっ、あいつに……創に伝えて！『嫌なことを言ってごめんなさい。本当は……ずっと謝りたかった』って……！　あたし、あいつと仲直りしたいの！」

勝気な彼女に似合わない、しおらしい態度だ。しかし、正太郎はセリフの中身にこそ驚かされる。

（シレの飼い主の住所を聞きたがってたのは、それが動機か……！）

考えてみれば、腑に落ちる部分もあった。

シレは猫から逃げ出すほど気が弱いのに、独特の威容を持つ屋敷の庭を選んで逃げ込んだ。しかも、瑠実の指示へすんなり従うほど懐いていた。

ずいぶん仲良くなったものだと、あの時は感心させられたが、犬に慣れている探偵ではあるまいし、いくらなんでも急すぎる。

要するに迷子になる前から、シレと瑠実は深い馴染みがあったのだろう。

おそらく、眞由美も早い段階で、それに気付いていた。だから、妙な提案をしたのだ。

「……ごめんなさい、井上さん。意地悪したくて、こんな言い方をした訳じゃないのよ？」

「うん……分かってる。探偵には守秘義務っていうのがあって、抜け道を用意しなきゃいけなかったんでしょ？」

「ええ」

次の瞬間、瑠実がパッと顔を上げた。瞳にあるのは、訴えかけるような色だ。

「あんたが嫌な女なんかじゃないことも、もう知ってるからっ……。創があたしの知らないところで、綺麗な大人と仲良くなってたのが嫌だっただけっ。ごめんなさい……！　それと、色々ありがとっ。眞由美、先生……っ」

（そういえば、創も『先生』という呼び方をしていたっけ）

二人で探偵ものの児童書を回し読みする微笑ましい光景が、正太郎の頭に浮かぶ。

まあ、単に子供の思いつく一番の敬称が『先生』というだけかもしれないが。

青年が推測する横では、眞由美がパッと気配を華やかにしていた。

「どういたしまして、瑠実ちゃんっ」

声音まで弾ませている。

平静を装いながらも、子供から睨まれるのが、ずっと応えていたらしい。

瑠実は頬を赤らめて、

「っ……ちゃんはやめてっ。呼び捨ての方がマシよ……っ」

「じゃあ、私のことも眞由美で良いわ」

「う、うん、分かったっ……ええと、眞由美っ」

どうやら、歳の離れた二人は、対等の友情を築けたらしい。

正太郎は不覚にも――瑠実をちょっとだけ羨ましいと思ってしまった。

程なく、瑠実は帰っていった。

彼女が語ったところによれば、創の母は、井上家で住み込みのお手伝いをしていたそうだ。

その関係で、瑠実と創も数年間、姉弟同然に育った。シレは捨て犬だったのを、創が拾ってきたという。

やがて創の母の再婚が決まり、円満に退職。母子は井上家を出たが、この時、瑠実は寂しさから、去っていく創へ、心にもない暴言をぶつけてしまった。

――そういう事情なら、親父さんが住所を知ってたかもしれないぞ？――

正太郎はそう言ったのだが、瑠実も大真面目に主張する。

――パパって、創のお母さんに片思いしてたっぽいのよ。それじゃ聞きにくいでしょ。後、創も連絡をくれないし……多分、まだ怒ってるし……――

変なところで気を回した彼女は、シレを口実に、事情を伏せたままで探偵へ付いていこうと考えた。だから事態が余計にややこしくなった。

せめて、創が作った方の張り紙を見ていたら、野呂家の連絡先もすんなり分かったのだが。

とはいえ玉村探偵事務所と関わったことで、『幽霊』の正体も分かったのだから、結果オーライか。

少女を見送った後、正太郎は眞由美へ聞いてみた。

「瑠実達が知り合いだって、所長は前から分かってたんですね？」

「ええ。実は二人の親御さんからも、最近、詳しい事情を聞き出しておいたの。伝言を引き受けるなら、保護者の了解は取るべきだものね」

「なるほど。でも、なんで創の方から連絡しないんでしょうね？　もしかして、瑠実を避けてるとか……」

「それはないみたいよ。野呂君のお母さんに言わせると、瑠実から『大嫌い』って一喝されたのがショックだったみたい」

「そ、そんなことですか……」

「あら。相手を大切に思っていればこそ、変なところで慎重になったり、楽観的に考えるのがいけないことのように感じられたりするものよ？」

そこで眞由美は壁にかかっている時計を見上げて、

「そろそろ依頼人が来る時間ね。吉尾君、悪いけれど野呂君の家へ行ってきてくれる？」

「俺一人でいいんですか？」

「大事な伝言だし、本当は一緒に行きたいんだけど、ね。瑠実も結果が待ち遠しいでしょうし、早く教えてあげなくちゃ」

「分かりました。じゃあ急いで伝えてきますよ」

正太郎は眞由美にお辞儀する。そして『大役』を果たすため、その場で回れ右をした。

二時間後、眞由美へ報告する段になると、正太郎まで浮かれた気分になっていた。

『良いことをした後は気分が良い』というアレだ。

「創のヤツ、すごく喜んでました。あれなら簡単に仲直りできると思います」

瑠実からのメッセージを聞いて、野呂創は目を丸くした。それから、幼馴染の現況を聞きたがった。

「だから、言ってやったんです。『もう遅いから、今日はお前から電話をしたらどうだ』って。あいつ、急にそわそわし始めたんで、俺は切り上げて帰ってきました」

「ふふっ、良かったわ」

眞由美も嬉しそうに微笑んでいる。

「所長の方はどうでした？」

「バッチリ身元調査の案件を取り付けたわよ。娘が悪者に騙されているようで心配なんですって」

「だったら、俺は何をしましょうか？」

身を乗り出す正太郎だが、眞由美はその勇み足を片手で制した。

「動くのは明日からにするわ。今は、源元教授と会った結果を聞かせてくれる？」

「ああ、そうでした」

そっちも重要である。

正太郎は大学でのやり取りを、かいつまんで語り始めた。ただ、どう伝えようかと迷う部分もある。学部長が述べた、眞由美の弱さに関する懸念だ。

だからそこは後回しにして、他のことを言い終える。会話の内容が多かったので、ダイジェストでも時間がかかった。

「以上です」

そう締めくくるや、眞由美は「ふぅっ」と背もたれへ寄り掛かる。

「かなり厄介だったみたいね。でも、残り一か月をクリアすれば、君もお役御免。弁護士を目指して、また勉強に集中できるわね」

優しい目線は、前途を祝してくれるかのようだ。

しかし、そこに一抹の躊躇が混じっているように、正太郎は感じた。

単に自分が必要とされたいという、勝手な願望かもしれない。

だが学部長の懸念も、きっちり伝えるべきだと思えてきた。そこで腹を据えて、口を開く。

「実は、まだ続きがあるんです。学部長は最後、所長が探偵を続けていく危うさを、指摘しました。能力は高いけれど、密かに疲れを溜めこんでいるんじゃないかと、そう言っていたんです」

——その瞬間、眞由美の笑みが固まった。

すぐに目を細め直して、小首を傾げる彼女だが、

「な、なんだか変な誤解をされちゃったみたいね。次の報告では、それを解く情報も用意しないと」

その声を聞き、正太郎の疑惑も確信へ変わった。

かつてポーカーフェイスが大事だと語っていた眞由美。なのに、本人が動揺を隠しきれていない。

となれば——放っておけなかった。

「……失礼ですが、所長。俺も、学部長が当たっているように思います」

彼が正直に告げると、少しの間、気まずい空気が漂った。

やがて、ほろ苦く笑う眞由美。

「吉尾君には、敵わないわね。認めたくないけど、ええ、事務所に一人ぼっちでいる

と、きついこともあるわ。……君が来てくれてから、本当に助かってるのよ？」

途端に青年の胸中で、保護欲が高まって。

「所長！　俺はこの先、十一月からも事務所に残ります。所長の負担を減らせるように頑張りますよ！」

「じゃあ……弁護士になる夢はどうするの？」

勢い込んで申し出たのに、眞由美は却って咎める目つきだ。

それでも正太郎は、傍に居続けたかった。

日が変わったら、この話題は蒸し返しづらくなる。ケリをつけるなら今だった。

「所長……俺はバイトとしてでなければ、あなたの役に立てませんか？」

もはや、真の想いを曝け出す他にない。

当人の弱さを指摘した直後で、卑劣だろうか。

そもそも心の準備をしていない以上、稚拙な言葉の羅列しかできそうにない。

にもかかわらず、語調はぐんぐん熱を帯びていく。

「俺は、俺はあなたが好きです。大好きなんですっ。恋してますっ。悶々としていますっ。まだ半人前以下の身ですけど、でも、所長が困っていたら力になりたいんです！　この先もずっと！　ずっと、ずっと！　何十年も未来までっ！」

告げたいことは沢山あるのに、後は言葉が続かない。

わななく彼の前で、女探偵は目を見開いていた。それから一分近く経った末、潤みかけたその瞳を、切なげに細める。

「吉尾君、ありがとう。君の気持ちはすごく嬉しいわ……。でも、私は弱いだけじゃなく、ずるい大人でもあるの。今だって、君に一つ『嘘』を吐き続けているのよ？想ってもらえる資格なんて……ないんじゃないかしら……？」

——何ですか、そんなこと。

正太郎は怯まなかった。

眞由美が謎めいているのも、こっちを振り回すのも、今に始まったことではない。

そんなこと、自身を貶める口実に使わないでほしい。

だから、眞由美へ宣言だ。

「分かりました。なら、俺は自力でどんな嘘かを突きとめます。その一点から、所長を楽にしてみせますっ。上手くやれたら、本当の返事を聞かせてください！」

たとえば井上瑠実の父の時のように。見破ることと解放することが、同義の場合も多いのだ。

その気持ちが、多少は眞由美に伝わったらしい。

「……だったら、私から嘘の正体を言わなくていいの？」

「はいっ、俺が答えを見つけるまでは、今まで通りの関係でお願いしますっ。時間が空いたら法律の勉強を教えてください。気分が乗った時には、秘密の『勉強』もお願いしますっ」

「え、あ……そ、そっちの『勉強』も？」

「俺から踏み込まなければ、眞由美さんは遠慮して、距離を取りたがりそうです。そんなのは嫌ですっ」

ここまでのシリアスな雰囲気が台無しになりそうだったが、正太郎としては切実だ。

「もう……っ」

壁を作りかけていた女探偵の雰囲気が、いつも通りに戻った。

「私を名前で呼んだってことは、今もそういう『勉強』がしたいのかしら？　正太郎君？」

正太郎は勢い余っただけで、そんなつもりはなかった。しかし、せっかくなので大きく頷く。

「はいっ、眞由美さんさえ良ければ、ぜひ！」

純な想いと別に、股間も盛り上がってきて。

眞由美も目元を朱に染めた。

「だったら……今夜は『教材』を使ってみましょうか」

「教材？」

——それが何かは、五分後に判明した。


「ん……ぁ……ぁあ……や、これ……私の身体が……溶けてきちゃったみたい……っ」

「ええ……すごくヌルヌルですよ、眞由美さん……」

膝立ちになる正太郎の前で、眞由美は今、ハレンチな四つん這いだ。頭が青年の左側にあり、ヒップは右側。括れた腰は左側面を晒している。

しかも、一糸まとわぬ丸裸。

青年は頭を巡らせるまでもなく、女探偵の赤らんだ横顔と、ツンと突き上げられた尻肉の両方を見て取れる。少し身を傾ければ、肛門まで確認できそうだった。

ただし服を着ていないのは、正太郎も同様で。女探偵の媚態に、彼の肉棒は極限まで勃起していた。

二人は場所を、事務所の隣にある居住スペース——の浴室へ移している。

そして、眞由美が言うところの『教材』とは、早い話が大人の玩具。

――瑠実の家の地下に、色々な道具があったでしょう？　実はアレを見て、正太郎君に使われたらどうなるんだろうって……。通販で纏めて買っちゃったの――

眞由美はそんな風に言って、頬を赤らめながら、新品のいかがわしい道具を並べて見せた。

正太郎の逸物と似た大型バイブが一つ。モーター内臓のカプセルとスイッチをコードで繋ぐローターが二つ。

さらに用途不明のバイブ風スティックや、数珠みたいな紐まであった。

正太郎も驚かされたが、今までと違う方法で眞由美を鳴かせられると思うと、血が滾る。むしろ、導入で使うにはどれが適しているのかと、目移りまでしてしまった。

結局、彼が最初に選んだのは、ピンクのボトルに入ったローションだ。適量など分からないから、女探偵の上で思い切ってボトルを傾ける。

トロリと出てきた粘液は、透明ながらも粘っこい光沢を備えていた。広がり方も申し分がなく、一部は腰の裏の窪みに溜まり、残りは重力で引かれるまま、身体の横へ垂れていく。

動きはかなりゆっくりで、卑猥な軟体動物が女体を味わうみたい。

眞由美も柔肌をなぞられる感触が、新鮮だったらしい。何せ、声を裏返らせながら、

『溶けてきたみたい』と言いだしたのだから。

　正太郎はローションをかけ続けた。背中だけでなく、首筋も汚す。ヒップの曲線へも狙いを定める。

　液体は、太腿、肩、腕、そこら中をギトギトしい光で彩った。果ては尻の谷間まで滑り込む。

「ふ……ぅ……ぁあっ⁉」

　両手を下へ置く眞由美は、自分から液を広げることも、堰き止めることもできなかった。無抵抗のまま、焦らすような速度へ己を委ねるしかない。

「や、やぁぁ……もっとぉ……っ！」

　もといい。彼女は身をクネクネと揺さぶって、液を少しでも早く動かそうとし始めた。特に大きな尻は左右へ躍らせ、まるでおねだりするようなはしたなさ。

　正太郎は眞由美の耳元へ囁いてみる。

「今の眞由美さんを見たら……瑠実も創もビックリしますよね？」

「ん、あっ⁉　あっ⁉」

　その言葉責めは、いつだったか女探偵がペニスを弄りながら使ったのと一緒だ。青年としては真似しただけなのだが、かなり効いている。

もしかしたら、眞由美も責めへ回る時には、自分が言われたら弱いセリフをチョイスしているのかもしれない。

ともかく、正太郎は追い討ちをかけることにした。

「あー……人の家でエッチしたがるぐらいだし、眞由美さんは露出癖まであるんじゃありませんか？　そうだ。いっそ写真を撮って、迷子犬を探す時みたいにＳＮＳへ投稿しましょうか？」

セリフは即興で決めるため、口調は棒読み一歩手前だ。しかし、聞きようによっては、突き放すみたいな響きとなる。

「そ、そんなの……駄目……ぇ……っ！」

眞由美も発情期の牝犬さながら、喉を反らせた。尻尾を立てるみたいに腰まで浮かせる。

すでに粘液は、彼女の腋の下をかすめ、巨乳まで滴っていた。

そろそろ充分だろう。

正太郎はボトルを脇へ置き、空いた左手で、乳房を捕えにかかる。下向きになった丸い頂を、曲げた五指で揉んでやった。

「ぅふっ!?　正太郎……くぅうん……！」

「お……ぉっ……」

巨乳は、美女が起立している時以上に、質感を先端へ寄せていた。押した途端にムニッとたわむ一方で、片手に余るボリュームがある。

しかも今は、粘り気まで帯びていて。掌を離せばヌチュヌチュ糸を引き、押し上げれば滑ってしまう。

翻弄する青年の方まで、掌がくすぐったくなった。

乳首もすっかり尖っている。ヌルつきながら、手へ引っかかるささやかな抵抗。ふと正太郎はそこを集中的に苛めたくなった。

思いついたら実行だ。掌を浮かせて、生意気な突起を片手の指全部で摘み上げてやる。

「あ、やだっ⁉　ヤンっ……む、胸だけで……こんな……んゃっ、ひぁうっ⁉」

逆らうようだった乳首は、苦もなく玩具の一つとなった。ローションに塗れ、滑って逃げようとするものの、寄ってたかって捻くられ、五対一の玩弄だ。

眞由美はすすり泣きが止まらない。

正太郎もいよいよ調子に乗った。

だから、女探偵の注意が乳房へ向かっている隙に、右手をヒップへくっ付ける。

柔軟な双丘は、曲がった腿に引っ張られ、平たく伸びてもいた。その上で掌をスライドさせれば、ダマになっていたローションがグチュッと広がる。

「えっ⁉　えっ⁉　お、お尻……まで、ぇっ⁉」

狼狽えるような眞由美の身悶えが可愛い。

しかし粘液を均した後で、いざ揉もうとしてみれば、ツルリッ！　思った以上に掴みにくく、愛撫が上滑りしてしまった。

だから、指を鉤爪状に変えて、今度こそ――。

ヅルンッ！

「んひぁやぁあっ⁉」

変な力で擦ってしまったが、眞由美は腰を悩ましくくねらせていた。

考えてみれば、予期せぬ刺激こそ、彼女の弱点なのだ。

だったらいっそ、徹底的にお尻で遊びたい――。

青年も嗜虐心をそそられて、一列に並べた右手の指を、尻の谷間へ進ませた。後は前後へ行ったり来たり。指の腹で薄皮をさすりつつ、菊門の端も連続で突っつく。

「やだ……待ってて……指っ、指が当たってて……これっ、恥ずかしいから……！」

眞由美の懇願は聞き流すフリだ。実際には聞き惚れながら、傍らの洗面器へ目をやった。その中はアダルトグッズが山盛りとなっている。

そうだ、とまた閃いた。これだけ種類がある以上、きっと用途も様々で――。

「眞由美さんが買った中には、お尻用の道具も混じってるんじゃありませんかっ?」

正太郎の質問に、眞由美が震えた。

「それは……はう……ぅんっ!」

「教えてください、眞由美さん!」

頼みながら、人差し指を菊座にあてがう発情青年。強めに圧せば、硬いすぼまりもちょっとは開く。

「んぁううっ⁉」

直腸まで侵略されかけて、眞由美の顔がカクッと伏せられた。だが、彼女は乱れたセミロングの髪で表情を隠しながら、小さく頷いたのだ。

正太郎の胸も、悦びと情欲に奮えた。

洗面器の中の品々。

そこには妙な黒い棒もあった。バイブの一種らしく、持ち手の部分にスイッチが付いているのだが、形はペニスと全く違う。手ぬぐいを何度も捩じったように、凸凹の節を幾つも並べているのだ。

太さといい、独特の形といい、これがアヌス用なのではなかろうか。

青年は一旦右手を止めて、妖しい代物を取り上げた。眞由美の鼻先へ寄せたら、低い声で確認だ。

「お尻用ってこれですか⁉」

乳首の方は、クリクリ、グチュグチュ、未だに玩弄しっぱなし。

眞由美もその性感から逃れられず、唇を噛みしめる気配と共に、二度頷いた。

「使っていいですか⁉」

刹那、焦ったように目を向けてくる眞由美。その額や頬は真っ赤だ。しかも汗まみれなだけでなく、目元は涙で、唇は涎で、顎はローションでも、はしたなく濡れている。

正太郎から見つめ返されると、彼女は顔を伏せ直し、

「ほ、本当にっ……使うのっ……⁉　それは正太郎君を驚かせようとっ……こういうものもあるのよって教えるだけのつもりでっ……用意しただけ、なのにっ……」

「俺……使ってみたいんですっ！」

唾を飛ばしながら、正太郎は菊座を視認できる位置へ身体をずらした。

見下ろせば、排泄のためのセピア色の穴は、幾つもの皺を作りながら、中心へ寄る

ように狭まっている。

針で突いた跡のように小さくて、対するバイブの直径は、太いところで三センチ近くありそうだ。

想い人から返事をもらうため、正太郎はバイブを肛門へあてがった。秘所へ挿入する時のように、切っ先を往復させつつ、ローションのヌメリを穴へも玩具へも塗り込んでいく。

「あ、ぁ、ぁあ……っ」

眞由美は小刻みに震えながらも、逃げようとはしなかった。ついには無言で、首を縦へ振ってくれたのだ。

「いいんですねっ⁉」

念押しに対しても、しっかり首肯して。

欲しい了解をもぎ取れて、正太郎は道具の角度を変えた。

そして勇んで、挿入開始。

ズブリッ、ズブリッ、ズブリッ――――。淫靡な道具の前進に、菊座も内側へ押し込まれながら、倍以上に広がった。

青年の手は、気持ちと別に慎重だ。一点へ集中するため、乳首も手離した。

肉穴からの抵抗感は、バイブの節ごとに変化する。細い節でも、送り込むにはそれなりの力が必要だったし、太い部分は言わずもがな。

バイブが半分近く入る頃になると、穴周りも陥没したような形となってしまった。

「あ……ぁっ、深……いっ！　や……ぁ……おっ……まだ、終わらない……の、ぉっ⁉」

眞由美は床の上で両手を握り、肩も首も硬くしていた。肉付きの良い太腿なんて、プルプル痙攣しっぱなし。

それでもバイブはついに、柄と本体の境まで突き立った。

「眞由美さん……どんな感じですか……？」

正太郎は聞くが、眞由美も簡単には答えられない。小刻みにわななないた末、切れ切れの言葉を並べだす。

「よ、よく分からないの……っ……！　こんな感じっ……知らないしっ……んぅうっ！　でも……すご……くっ、ぅくっ……広げられて……っ……お、お尻が栓をされたみたい……で……っ！」

日頃の凛とした仕事ぶりが嘘のような弱々しさだった。とにかく異物感が過酷らしく、あまり気持ちよさそうには見えない。

「だったら、今抜きますっ」

彼女に悦んでもらえないのなら、アヌス責めに意味はなかった。正太郎はバイブをゆっくり抜きにかかる。――すると。

「ふぁはあっ⁉」

一つ目の節がグポッと外へ出た途端、眞由美の呻きに甘さが混じった。

「眞由美さん……っ？」

正太郎が聞けば、女探偵は首を横へ振る。そこで二つ目の節も、ヌボッ！

「ひああんっ⁉」

やっぱり、どこか悩ましげだ。初の感覚に官能のカケラを見出しながらも、受け入れられずに戸惑っているみたい。

ともかく、正太郎は節を抜いていった。

三つ目をズポッ。四つ目をズボッ。五つ目もグボッ。引っ張られた穴は裏返り、クレーターさながらの変形ぶりだ。

「あひうっ⁉　やっ、はうぅうんっ！　ふ、くぁああはっ⁉」

そして、もはや勘違いではなかった。バイブが出るにつれて、眞由美の悲鳴は色っぽくなっていくのだ。

やがて切っ先まで抜けきる瞬間が来ると、

「やはぁんっ⁉」

引き止めるような声まで吐いてしまった。後は突っ伏す手前のように、肩で何度も息をして。

「だ、大丈夫ですか……？」

正太郎が問うと、眞由美はコクンと唾液を飲み下した後、

「あの……もう一回……してみて……っ。もしかしたら、抜く方が……私に合ってるのかも……」

「分かりました……！」

肛門弄りの糸口が掴め、正太郎のやる気も蘇った。そこで再び、バイブを潜り込ませにかかる。ズブリ、ズブ、ズブリ――ッ！

「ぁっ……くっ、ぁあっ……またっ……奥につ……ぃっ！」

括約筋のきつさは、二度目でも変わらなかった。眞由美の息も苦しげなままだ。

とはいえ、さっきのように引き抜いてみれば――。

声音はふしだらに引き伸ばされた。

「ふぁああっ！　やっ、出るっ、出てくふぅうんっ⁉」

むしろ外へ向かって擦られるにつれ、先ほど以上のよがり方となっていく。

「おぉお尻ぃいっ⁉　ふ、太いのがっ、やはぁあ！　動いっ、てっ……るっぁふぅうっ⁉」

「眞由美さん……気持ち良くなってきたんですね⁉」

バイブを下げ終えたところで、正太郎は咄嗟に聞いていた。それが気遣いのためか、言葉嬲りのためか、自分でも分からない。

眞由美は表情を見せないままだが、無遠慮な問いには答えようとしてくれた。

「ぅ、んっ……入れられる時はきつくてっ……お尻がっ……く……苦しくなるのっ……でもっ……」

でも――と言いかけたところで、説明が止まってしまう。

正太郎は待ちきれなくなって、三度目の挿入を敢行だ。

「ぁぐくぅうっ⁉　ふっ、太いのぉっ！　その玩具っ、入れる時は大きすぎるのぉほおおっ！」

説明は淫らな実況へ変わった。その流れを途切れさせないため、青年はバイブのスイッチまでオンにする。

ブーンブーンと虫の羽のような音を立てて、スティックが振動し始めた。窪みながら開いた肛門を、無情な動きで開拓だ。

「ひ、広がるぅうっ！　お尻っ、かき回されてぇええっ、ぃひっ、ひ、広がり過ぎちゃうぅううっ⁉」

眞由美も美尻をのたうたせだす。驚き、もがき、無体な異物をヒリ出したがるような動き。照明が当たる角度も変化して、ローションをまぶされたグラマラスな裸身は、ヌメヌメと輝き方を変えた。

眞由美が気持ちいいと思えるのは、異物が出ていく解放感らしい。そこで正太郎は三度、玩具を後退させてみる。

今度はバイブが振動中だから、菊門の嬲られようは、一回目や二回目の比ではなかった。

「ひゃぅうっ⁉　ひ、んひぎぃいいっ⁉　待って！　これっ、すごっ……ひぃいいっ⁉　さ、さっきよりぃっ！　やぁあん！　さっきより凄いぃいいっ！」

もはや眞由美が喚き散らすのは、実況ですらない。

それでも、「眞由美さん！」と正太郎が呼べば、彼女は髪を振り乱して頷き返し、

「うんっ！　気持ちいいのぉおっ！　はひっ、は、初めてっ、なのにぃいい！　ぁあぁ私ぃいいっ、お、お尻でっ！　感じちゃってるぅうっ！　やっぱり……ぃひっ、抜

かっ……んぁあっ！　抜かれる方が感じるのぉぉおっ！」

恥も外聞もない自白だった。

後は正太郎による、大胆な抜き差しの始まりだ。

彼がアヌスを打ち抜けば、眞由美は呻きを搾りだす。

「くぁああうっ！　ぃひぅううっ！　お尻につ、蓋っ、きつい蓋されちゃってつ、ぇっ……んくぅうっ！　つあっ、ぅあはぁああうっ⁉」

今や美人探偵は、侵入まで堪能し始めていた。容赦のない圧迫に酔いしれながら、続く解放感を待ちきれずに、下半身を高く掲げる。

肘も『く』の字に折れ曲がって、側頭部を床のタイルへ擦り付けんばかりとなっていた。

一方、括約筋の締まりには、ほとんど変化がない。いくらかき分けられても、愛撫を押し戻そうと頑張る。まあ、それ故に眞由美の肛悦も、ひたすら上昇していくのだが。

ともかく、貫かれる時でさえこれなのだ。

続く排泄じみた刺激に至っては、もはや喘ぎが止まらなかった。弄られているのはアヌスだけなのに、浅めの絶頂へなら行き着いてしまいそう。

「正太郎君っ！　正太郎くぅうんっ！　私のお尻っ……もう駄目ぇえっ！　気持ちいいのがっ、止まらないのぉおっ！　あなたに引っ掻き回されてぇっ、ば、馬鹿になっちゃったのぉおほっ！」

「眞由美っ、さんっ！」

どこまでも淫らになる想い人の反応に、正太郎も手へ熱が入った。

この短い間に、もう何回抜き差しをしたか分からない。自覚していなかったが、彼の方も汗だくだ。顔も胸板も紅潮しきっている。

ついには、グボォオッ！　一際強い力と速度で、バイブをめいっぱい引き抜いてしまった。

「ぅはぁああぅっ!?」

ローションの残りか、あるいは腸汁なのか。バイブの鎌首も、絡まる正体不明の粘液を飛び散らしそうなほど激しくうねる。

しかもこの瞬間、正太郎の手首が強張って、苛烈な捻りを菊座の縁へ押し込んでいた。

それが眞由美にとっての、とどめとなってしまう。

「あっはっ、お、おぉおっお尻ぃいいぅひっぃぎぃいいいいっ!?　ぅんぁあきひぃいぃひぃいいいっ！」

膝まで浮かせる丸裸の美人探偵。そのままビクンビクンと痙攣して——突然、脚の力を失った。

「きはやっ⁉　はひっ、ひ、んひぃいっ⁉　ひ、ぃおっ……あぉおぉお……っ！」

膝をぶつけた衝撃が、直腸まで来たらしい。眞由美は伸びをする牝猫と似た体勢で、背中を上下させる。

正太郎がよく見れば、肛門はバイブの大きさに広がって、元の形へ戻れずにいた。出口の裏は赤っぽく、まるでポッカリできた洞窟だ。

頑固に思われた括約筋も、結局は法悦に屈していたらしい。

このまま定期的に開発すれば、いずれはペニスでさえ入ってしまうかもしれない。

とはいえ、さすがに今日は無理だろう。

「う……くっ」

ピストンを止めたため、正太郎は己の動悸の激しさに気付いた。火照りも芯から凄まじい。

ペニスはギンギンにそそり立っており、亀頭が赤黒く充血している。何も触れていないことが悩ましく、ローション以上に粘っこい我慢汁は、ダラダラと垂れ流しだ。

そこへ眞由美が惚けた流し目を送ってきた。

「ん、あ……っ、正太郎君っ……次は君が……気持ち良くなる番……よね……？」

「いえっ。無理しないでいいですよっ」

我に返ってみると、どれだけ彼女をいたぶったかが思い出される。

しかし眞由美も目尻を蕩かせた。

「んふっ……君こそ無理しないで……。私ね、あなたにも気持ち良くなってほしいから……っ」

身体中を汗と粘液で濡らしたまま、女探偵は身を起こそうとした。途端に肘を滑らせて、

「やっ⁉」

横倒しになりかける。その彼女を、正太郎は抱きとめた。

危ないところだったが——眞由美の気持ちは変わらないらしい。

「正太郎君……先に脱衣場へ行って、床へバスタオルを敷いておいて……」

正太郎は従うことにした。戸口へ身体を向けながら、ついでにローションのボトルと、アダルトグッズが山盛りの洗面器も持ち上げる。

さほど広くない脱衣場でも、足を通路へ出せば、ちゃんと寝転がれそうだ。正太郎

がバスタオルを広げたところで、眞由美もよろけるようにやってきた。

「正太郎君……今回は仰向けになってくれる？　私が上になるわ……」

「分かりました」

眞由美が言っているのは騎乗位だろう。自分のペースで動く方が、彼女も楽なのかもしれない。

正太郎はゴロンと横たわり、眞由美も彼と向き合う形で、腰を跨いできた。

「う……」

裸の女探偵から見下ろされると、正太郎はさっそく全身の血が逆流しそうだ。

大股開きで膝立ちという彼女の姿勢は淫蕩で、イッたばかりの赤い顔も凄艶。熟れた牝の匂いも、ムンムン漂っていた。

さらにバストの大きさまで、再認識させられる。柔肉は盛り上がりつつ、下に三日月形の影を二つ並べていた。指が沈むほど柔らかいのに、描かれる曲線はあくまで優美だ。

チョコレート色の乳首も、ツンとしこったままだった。

加えて、左の乳房へは粘液が多量に残る。本人の動きで表面が揺れるのと合わせ、光の反射具合も変化し続けた。

「今日も生で……いい？」

「は、い……っ」

上ずる青年の返事に、眞由美が微笑んだ。彼女は勃起しすぎて臍寄りに倒れていたペニスを、右手で優しく引き起こす。

肉竿の根元へかかる圧迫につられて、正太郎は股へ目を向けた。

するとちょうど、ヴァギナの下方まで視界へ入る。

女性器はろくに触れられてもいないのに、ローションを塗られた他の場所と競うかのように、いやらしく潤っていた。

しかも眞由美の左手が、大洪水のそこをクパァッと開く。陰唇は左右へ分けられ、隠れていたサーモンピンクの秘肉を丸見えにした。膣口も、尿道口までも。

陰唇の端でプクッと膨らむ小さな突起は――きっとクリトリスだろう。

「ぅ……」

正太郎は重なっていく二つの性器から、目を離せなくなってしまう。

直後、膣口が亀頭へぶつかった。

「ふぁ……おっ⁉」

暴走寸前だった肉棒だ。些細な接触でもとことん痺れ、腰を弾ませそうになるのを、青年は全力で堪えなければならない。

その間に、眞由美は握るペニスを前後させだす。猫じゃらしを使うようなやり方で、粘膜同士をズリズリ摩擦。亀頭が入口へ嵌り込んだら、後は腰を落としてきて、

「ふぅう……ぅうんっ！」

動きはスローモーションめいており、膣口と牡粘膜も丹念に睦み合う。反面、中の媚肉の蠕動は、挿入を待ち焦がれていたように情熱的だ。

息苦しくなる正太郎の上で、眞由美もクッと頭上を仰いでいた。

「ん、く、あぁうっ！　あぁあ……は、入ってくる……ぅ……しょ……たろ、くぅぅんっ！」

自分自身を追いつめているような感じ方。

正太郎が緊張感を抱いて見守るうちに、亀頭は丸ごとクレヴァスへ埋まって、次に竿まで潜り始める。

「は、ぉ、ぉお……っ」

襞も複雑なうねりで四方から襲ってきた。そして結合が進めば進むほど、肉悦は膨らんでくる。

やがて、眞由美はペースを乱すことなく、肉棒を最深部まで迎え入れた。

「んぁ……ぁ、はぁああっ！」

喜悦と達成感、両方を噛みしめるように息を吐き、

「ど、どうっ……やれた、でしょう……？」

まるで経験の浅い小娘のように、得意げな口調で正太郎へ告げる。

彼女は肛悦と虚脱感に苛まれ、本調子ではないのだろう。それでもわななく正太郎を見下ろしたことで、多少の自信を取り戻してきたらしい。

「じゃ……動くわ、ね……っ？」

そう言って、落としたばかりの陰唇を前後させだした。

咥え込んだ亀頭と裏筋を、交互に揉むやり口だ。竿も根元から振り回すため、張りつめた表皮を伸縮させてくる。

「く、お、ぉおっ……おぉおっ！」

正太郎が咄嗟に腹筋を硬くすれば、弄ばれていた肉幹は、膣の中でグイッと反った。

「ふぁっ⁉」

眞由美は嘶《いなな》いてから、合図を送られたように目尻を下げる。

そして浮き上がる女体。動き自体はゆっくりのままだが、ヒップ周りが肉感的なので、ペニスを思い切り引っ張り上げるような雰囲気となる。

事実、青年のカリ首へは、すっぽ抜けそうな快感が押し寄せていた。亀頭も淫熱に見舞われる。

「くぉぅうっ！」「ぅくぁあんっ！」

身体を前へ倒しかけた眞由美は、ペニスが抜ける直前で動きを止めて、姿勢を一旦直した。それから再びヴァギナを下げてくる。

「ひぁはぁあっ！」

「く……うっ！」

一回目よりはやや速く、快感も一層強まった。

それでいて、夢うつつだった眞由美の声音は、歓喜を取り戻しつつあるようだ。

「んぁあっ！　正太郎君のおちんちんっ……今日も太いの……ぉっ！」

段階を踏んでいくこのやり方は、イッて間もない肢体に対するマッサージも兼ねているのだろう。

そして続けられると判断したらしく、眞由美は上下のピストンを開始した。

ジュブッ──ジュブッ──と緩慢なテンポで愛液が鳴る。特大バストもユサユサ揺れる。

「は、ふぅう……あっ！　うっ、んっ……んぁふっ！　おちんちんでかきまわされるのっ、気持ち……いぃ……！　ど、どう……正太郎君はっ……気持ちいいっ⁉」

「はいっ！　眞由美さんのおマ○コッ……素敵っ、ですっ！」

三回目のセックスとなると、正太郎だって照れずに淫語を使えた。

そして、言い返すことでやる気も高まる。

出だしこそ怯みかけたものの、持久力をつけた彼のペニスは、片道ごとに形を変えていく快楽を、余すことなく受け取れていた。

坂道を着実に登るような抽送のおかげも、あるのかもしれない。とにかく、膣肉で抱擁されるのも、エラの裏を転がされるのも、うっとりするほど心地よい。

眞由美はいよいよピストンを強めていった。もう前屈みのまま、姿勢を正そうとしない。愛液を撹拌する音も大きく変わってくる。

「あ、あはぁあんっ！　ほらっ、ねっ……正太郎君っ！　んぁ、あぁああっ！　君に心配してもらう必要っ、ぁンッ……なかったっ……でしょっ⁉」

「そ、ですねっ！」

彼女の言い分を認めながら、しかし正太郎は妙な予感もした。

強気な言葉と反対に、女探偵の声音が、また危機感を秘めたものになってきているような――。

青年が見上げる前で、律動はどんどん派手になっていく。

今や、たわわな巨乳はユサユサどころか、タップンタップンと躍るほど。

眞由美が膣を上げれば、胸の丸みは下向きにひしゃげかけた後でジャンプした。逆に肢体が下降する時は、一瞬だけ出遅れてから、追い掛けるように落ちてくる。

尖った乳首なんて、今にも放り出してしまいそう。汗とローションも飛び散るようだ。

「ふっ、あっ、やぁあぁあんっ！　これっ、止まらなくなっちゃいそ……ぉっ！」

やはり、眞由美は何かを我慢しているらしい。

正太郎は試しに腰を傾け、突き立つ肉棒の角度を変えてみた。途端に亀頭側面がきつく研磨され、四肢が強張ってしまう。

だが、眞由美が受けた悦楽は、そんな生易しいものではなかった。

「ふぁああっ⁉　やひっ……お、あっ、んあぁあっ⁉」

ちょうど身を落としてきた彼女は、一層の前屈みで、ビクンビクンと痙攣し始めた。

「しょ、正太郎君……っ！　やっ、今っ、何をしたの……⁉　あ、ひぃんっ⁉」

女探偵が喉を鳴らしているうちに、正太郎は反対側へも腰を捻った。

「ふゃはぁあっ⁉」

思った通りだ。眞由美は虚勢を張っていただけで、自身の制御も精一杯だったのだ。

「眞由美さんっ、無理してますよねっ⁉」

青年が怒鳴ると、彼女の首は横へ振られる。

「そ、そんなことっ……ない、わよっ⁉」

「なら、俺からもやり返して、良いですか⁉」

「っ……もちろんっ……よ！」

一瞬、ビクッと震えたくせに、そんなことを言う。

アヌス責めで反省したばかりの正太郎も、ムラムラと苛めたくなってきた。

眞由美が責める側になりたいと心から言うのならば、おとなしく従った。しかし彼女の愉悦は、受け身になった時こそ、真に花開きそう。

しかも今は、眞由美の方が上にいる。本当にヤバくなればすぐに逃げられるはずだと、言い訳までできてしまった。

そこで青年は、洗面器へ手を伸ばす。中のローターを二つとも掴み取る。

洗面器があったのは、眞由美の死角だ。彼女は青年の目論見に気付けないまま、

「ま、またするわ……よっ？　私だって、どんどん責めていくんだから……ねっ⁉」

強がりの抽送を再開させてしまう。

ただし、動きはすでにリズミカルなものではなかった。一回目の上昇から、もうおっかなびっくり。反対に下降はブレーキが効かず、転落さながらと成り果てる。

「ん、くっ！　ひはぁあやぁあっ⁉」

「うっ、ふぐっ！」

男根を擦って、食い締めて。後はヤケクソのような腰遣いだ。

正太郎もあらぬ方向へペニスを捻られ始めて、息が詰まってしまう。が、それでも目を凝らして、女体の中からローターの使い所を探った。

狙うとすれば、乳首かクリトリスか。

滅茶苦茶な律動のせいで、乳房もバウンドさながらに表面をたわませている。心底そそられる眺めだ。

ただし、陰核と近い結合部も扇情的だった。秘裂は巨根でこじ開けられながら、水音が止まらない。大陰唇も小陰唇もグニグニひしゃげ、クリトリスはその淫猥な器官の上端で、ピンクの真珠よろしく尖り切っている。

——こうなったら、両方いっぺんに。

正太郎はローターのスイッチを二つとも入れた。途端にブブブブッと小刻みに弾けるモーターの音。指に来る振動も結構強く、これを性感帯にぶつけたらどうなるのかと、気持ちが逸る。

「えっ⁉　ひっ、やっ⁉　しょ、正太郎ぅくぅうぁあっ⁉」

眞由美は己を守るように上体を捻りかけるが、ちょうどペニスで深々と貫かれたところだ。身体を後退させるなんてままならず、その間に正太郎は両手に持ち替えたローターを、グイッと斜め上へ突きだした。左手は乳首に。右手は陰核に。

想い人が動きを止めていたため、却って弱点を狙い撃ちできた。

先にぶつかったのは、右手の方だ。凶悪なバイブレーションは、過敏なクリトリスを直撃し、次の瞬間、凄まじい喜悦を眞由美へ押し込んだらしい。

「ひきぎぃいいいっ⁉」

雷で打たれたように女探偵は震え、牝襞も一枚残らず、亀頭の上で竦んでしまう。そのまま、腰が無理やりバックしたがるように肉棒を捻り上げる。

ローターの振動も膣壁を突き抜けて、亀頭まで届いた。

「く、おっ⁉」

正太郎は送ったばかりの快感が逆流してきたように、神経が激しく疼いた。そのくせ右手の方は、さらにローターを押し出し続ける。

左手が乳首に届いたのは、この直後。むしろ眞由美が前のめりになったため、バストの方から近づいてきた。

柔らかいバストに対し、ローターの揺れは連続ビンタも同然だった。乳肉も反対側へ弾みかけるが、正太郎は逃がさない。ローターと一緒に、乳首も摘んでしまう。

「んあっ⁉　きゃひっ、ひっ、ひひっ⁉　ぃひぁあああっ⁉」

一個だけでも眞由美をわななかせるのに十分な刺激だ。まともに食らってしまった乳首はブルブル震えだし、乳肉の表面まで波打った。

「ひっ、やっ、それっ……つ、強すっ……きひゃううっ⁉　待ってて、待っててぇえっ！ちゃんと動けなくな、るっ……からぁあうっ！」

女探偵も白旗を掲げる。しかし足掻くように身体を揺らせば、膣肉も乳首も、自分から捻ってしまった。

正太郎も女探偵の悲鳴が可愛くてしょうがない。もっともっと鳴かせたくなる。

彼は陰核をローターで縁取って、全方位から悦楽浸けにした。乳首も手荒くつねり続けた。

挙句、怒張が一番奥まで入りきった状態にもかかわらず、女陰を逞しく突き上げる。

鈴口は痺れながらも子宮口を圧迫し、女体を持ち上げんばかりに猛威を振るった。

「やぁはぁああっ⁉　無理っ、許してっ、それ以上入らないからぁあっ！　乳首もっ、い、一度にされたらぁあっ……私っ……動けなくなるぅっ！　君を気持ち良くしてっ、あげられなくなっちゃうのぉおっ！」

「そんなことないですっ！　俺はっ、今だって最高に気持ちいいんです！」

髪を振り乱す眞由美に喚き返し、正太郎は床へ叩きつけんばかりに尻を引いた。動ける距離は短いが、肉壺へは強く愉悦を練り込める。いよいよ汗だくで倒れ込みそうな女体を追いつめるため、後はひたむきに抽送だ。

ジュポッ、ジュポッ、と二人の性器の間で、白っぽい本気汁が泡立ちながらすり潰される。

「しょ、おぉおっ……正太郎っ、くうぅうんっ！　わ、私っ、おマ○コでこんなに感じたことぉっ、な、ないのぉおっ！　いいの……っ⁉　あなたのために動けなくてっ……わ、私が感じちゃっててっ！　ぃひっ、い、いいのっ……おぉおほぉおっ⁉」

女探偵から溢れるのは、大勢の人を助けてきたとは思えない嬌声だった。

そして上の口で聞いてくる時も、下の口ことヴァギナの方は、エクスタシーをせがむように、襞を怒張から離さない。

ハレンチな情欲のうねりに晒されて、男根の髄でも絶頂が近づきかけていた。

だが、正太郎にセーブする気などない。

自分が、眞由美をここまで感じさせた、初めての男！

愛しい女性のよがり声でそれを確信できて、昂ぶるままに怒鳴り散らした。

「眞由美さんこそっ……こんな風に責める俺で良いですかっ⁉　俺っ、眞由美さんを苛めたくてしょうがないんですっ！　眞由美さんが疲れるって分かってるのに、やめられないんですっ！」

「んっ、ひぃいいいいっ⁉」

「眞由美さんっ、教えてくださいっ！」

正太郎は頭に血が昇っていた。尋ねる間にも、精液が肉幹を遡ってきそう。その切迫感が、一段と体温を上げる。汗を噴き出させる。

眞由美もとうとう理性を粉砕されたのか、喉の奥から思いの丈を吐き出した。

「うんっ！　し、してぇえっ！　このまっ、このまま私を苛めてぇっ！　私っ、マゾになるぅ！　マゾになってっ、正太郎君とアヘアヘ気持ち良くなるからぁぁあっ！」

開き直ったようにマゾ、マゾと連呼して、腰を遣いだす美人探偵。脚には力が入らないため、上下の揺れは不規則だが、その分を補うように、前後左右へ膣口をズラした。

二人分の腰遣いはカッチリ噛み合って、どちらもがむしゃらに喜悦を貪れる。

眞由美が腰を擦り付けてくるのを、正太郎はブリッジせんばかりに迎え撃った。正太郎が下がる時には、眞由美も秘唇を昇らせようと踏ん張って、懸命に摩擦を強めた。

正太郎の股間では、子種の存在が大きくなる一方だ。突くごとにゲル状のものが熟成されてきて、もう堪え続けるのが困難。

「俺っ、出そうですっ！　またっ、眞由美さんの中にっ、精液っ、イキそうですっ！　う、くぁあああおっ⁉」

「わ、私もなのぉおっ！　正太郎君にズポズポされてぇえ！　乳首もクリトリスも玩具にされてえぇええっ！　すっ……凄いの来ちゃうぅうっ！　イクッ！　来るっ！　イクぅうっ、またイッちゃうぅううっ！」

眞由美の返事も支離滅裂だった。ただひたすらに、アクメの気配で揉みくちゃにされ、自分が何を口走っているかも分からないようだ。男へ馬乗りとなって、マゾ全開の乱れようを晒し続ける。

「はいっ、イキますっ！　俺もっ、イキますっ！　眞由美さんもぉおっ！　イッ、ぎっ、イッてっ、くださいぃいっ！」

正太郎は全力のラストスパートに入った。より激しく眞由美を感じさせるため、乳首のローターも股間へ移す。上下にスライドする陰核を、二つの振動で挟み撃ちだ。

グブブブブッと今やローターは、愛液を飛沫に変えそうで。亀頭を襲う揺れも倍増だった。

「ぁおっ⁉　おぉおあぁぁぁあはっ⁉　それっ、熱っ……うぅあぁぁああっ⁉　来たっ！　すごいの増えたはぁぁぁっ！」

眞由美はさらによがり狂った。天井を見上げて、唇を開きっぱなしにして、のたうつ舌を奥から差し出す。

さらに自ら、乳房を二つとも鷲掴みした。ローションで滑りやすい左側と、振動の残り火がある右側。どっちも正太郎が見ている前で揉みしだく。

グニグニ歪む乳肉が淫らだった。男根をしゃぶり続ける牝襞もふしだらだった。汗で濡れた赤い肌も、立ち上る牝の匂いも、牡肉の昇天を急き立てる。

想い人のこんな発情ぶりを、五感で受け止め続けていたら、もはや射精は防げない。ついに青年の中で、スペルマが我慢できる境界線を踏み越えた。泡立つ重みは濁流と化し、尿道を、さらに鈴口をぶち抜いていく。

「イ、ぉっ、出るぅううっ！」

残った力を振り絞り、正太郎は腰を押し上げた。眞由美もそこへ子宮口を打ち下ろす。

クライマックスの衝突だった。ザーメンは零距離で子宮へと注ぎ込まれ、眞由美も胎内を白く塗りつぶされながら、オルガスムスの頂を突き破る。

彼女は限界まで身を反らし、すでに狭かった膣肉を収縮させた。イッている途中のペニスをさらに搾るのだ。

「う、ぁっ、ぁあぁあぁああっ⁉　私もイクのぉおっ！　イクッ、またイクッ！　イッ……くぁ、あはぁああっ⁉　くぁおぉおおほぉおぅうぅうくっ！　ひうっうぅぅうつくぁあぁぉおぉぉぁぁぁあああっ！」

アクメの絶叫を解き放ちながら、尚も急所を穿られることを願って、腰を捩る眞由美。

女探偵が肉欲の虜と成り果てたため、正太郎も射精している途中の屹立を、逞しく振り上げ続けた。指は硬直してしまい、ローターをクリトリスから離せない。イッている途中から、もっと凄い絶頂感が溢れてきそうで――。

そんな法悦に脳を焼かれる、正太郎と眞由美だった。

「ぅ……た、ただいま……」

正太郎は門限ギリギリの時刻に、大学の寮へ戻った。

本当は眞由美と一晩過ごしたかったのだが、ルール違反を繰り返していたら、後で厄介なことになる。堅い進路を希望していたら尚更だ。

そして己の生活の場へ辿り着くや、想い人と求め合った後の虚脱感が、ドッと押し寄せてきた。

眠気でよろけかけながら、どうにかドアを開けて自室へ入れば、ルームメイトの羽《は》柴《しば》が、スマホで何かを見ている。

「あ、お帰り。最近遅いよねぇ。バイト始めたんだっけ？」

「……まあな」

軽い口調の友人へ、気が抜けた返事をしながら、正太郎は自分の椅子へ腰かけた。

と、欠伸を噛み殺したところで、ヒョイッとスマホを差し出される。

「未来の弁護士殿に質問。夫婦が離婚して子供の養育権を取り合うと、母親のものになりやすいんだって？」

画面に映っているのは作り物めいた法廷だ。どうやら裁判物のドラマの一シーンらしい。

「そういうケースが多いな」

正太郎は頷いた。よほど問題がない限り、親権の争いは母親サイドが有利なのだ。

当然、姓も母方になる。まあ、父が婿入りしていたのなら、変化はない訳だが――。

「あ」

正太郎は突然、変な声を上げてしまう。

「どしたの？」

「何でもない。こっちの話だ」

ルームメイトへは適当に返すが、何でもないどころではなかった。

眞由美が言っていた『嘘』の正体。それが分かったかもしれないのだ。

（しかし、これで本当に正解なのか？）

あっけなさすぎて不安になる。

もっと手こずって、バイト終了間際まで悩むだろうと、覚悟を決めていたのに。

しかし当たっている自信は乏しいものの、否定する根拠はさらにない。

これは明日を待って、眞由美へぶつけてみる必要があった。

第五章　青年の推理とアナルセックス

「この事務所をスパイするように俺へ指示した時、源元教授は『姉の娘……つまり姪の仕事を手伝ってもらいたい』と言いました。ですが昨日は、所長のお母さんを『見合い結婚で嫁に来た』と紹介したんです。『嫁に来た』は、夫側の見方ですから、今にして思えば矛盾でした」

正太郎が食い違いに気付いたのは、友人の羽柴へ親権絡みの話をした時だ。

本当は今日、探偵事務所へ着いてすぐに、当たっているかどうか確かめたかった。

しかし、おかしなことを言って、眞由美の仕事への集中力を削ぐ訳にはいかない。

だから夜まで待った。

今、女探偵は真面目な顔で、彼の推理へ耳を傾けてくれている。

「源元教授が母方の親族として振る舞ったのは、俺を従わせようと構えていた時です。ですから、ポロッと漏らした父方の立場こそ、真実に近いんじゃないでしょうか。……ここで俺は、何か嘘を吐いているという所長の言葉を前提に、もう一段階、発想を飛躍させてみました」

話しながら、正太郎は喉が渇いてきた。

この推測が見当違いかもしれないという心配も、だんだん強まりだす。

外れていた場合、想い人を『解放』するどころか、古傷を抉るだけで終わってしまうだろう。

それでも焦燥を堪え続けた。

「所長の弱さについて話す時、源元教授はずっと近くで、小さな子供の頃から、見守ってきたような口ぶりでした。所長……源元教授こそが、あなたのお父さんなんじゃありませんか？　とすれば、俺に吐いてきた『嘘』の正体とは、あの人を『叔父様』と呼んだことです」

話し終えた青年を、眞由美は無言で見つめてくる。

部屋の空気はピンと張りつめ――やがて彼女の美貌に、観念するような微笑が浮かんだ。

「ええ、当たりよ……吉尾君」

それで正太郎も、一気に緊張が解ける。

「どうして所長まで、嘘を吐いたんですか？」

「それは……最初、君のことを何も知らなかったから……」

眞由美の声のトーンが落ちてきた。笑みも淡雪のように消えてしまった。

「父から姪と紹介された以上、しばらく話を合わせて、様子を見ようと思ったのよ。君が信用できる人なのは、野呂君が犬探しを依頼してきたことで、すぐ分かったわ。でもそうなると、今度は逆に騙したことが申し訳なくて……。本当に、ごめんなさい……」

「い、いえっ、いいんですよっ。俺と所長は初対面だったんです。警戒するのは当然ですっ」

相手のテンションを上げたくて、正太郎は力強く返事する。その甲斐あって、眞由美にも笑みが少しだけ戻った。

「……ありがとう、正太郎君。身近な相手に嘘を許してもらえるのって、とても幸せなことね。君は約束通り、私を一つ楽にしてくれたわ」

椅子から立った彼女は、青年の隣まで回り込んでくる。

その距離は、仕事の時より半歩ばかり近く、呼び方までファーストネームに変わっていた。

ただし、気配はあくまで一途だ。

そもそも『嘘』が話題になったのは、正太郎が告白したからで。

今から――その答えも出るのだろう。

「……正太郎君、本当にこれからも私の近くに居てくれるの？　私、君より一回り近くも年上なのよ？」

「歳の差なんて関係ありませんっ。もう一度言います。俺はあなたが好きなんです！」

「……っ！」

眞由美がビクッとわななないた。今にもへたり込みそうな硬直ぶりだ。

それがゆっくり解けてくれれば、温厚な瞳に、薄く涙まで浮かんだ。

「どうしよう、すごく嬉しい……。私も、正太郎君が好きよ。……いいえ、愛してるわ」

「……眞由美さん！」

正太郎は咄嗟に目の前の両肩を掴んでいた。

「俺、あなたとキスしたいです。『勉強』じゃなく、ぶっつけ本番の真剣なキスを……！」

「ええ……っ」

眞由美も目を閉じ、顎を軽く上げてくれる。

信頼溢れる待ちの姿勢。

愛おしい。どうしようもなく、この人が愛おしい。

そんなありったけの想いを籠めて――正太郎は口付けをした。

恋人の唇は果実のように瑞々しい。優しい弾力にも満ちている。

舌を使わず、身体を擦り付けることもせず、ソフトな接触だけしかしていないのに、正太郎は歓喜で頭が麻痺しかけた。

「ぷはっ」と顔を離せば、眞由美が頬を赤く染めながら、甘えるように聞いてくる。

「正太郎君……今日も私の部屋に寄っていかない？」

今度の名前呼びは、果てしなく色っぽくて。

青年も手の力を強め、大きく頷いた。


正太郎はフローリングの床へ尻を落としながら、シングルベッドに寄り掛かり、眞由美のシャワーが終わるのを待っていた。

ついに彼女と恋人同士になれて、セックスには今まで以上の意味がある。

もう『勉強』という名目ではない。想いも宙ぶらりんではない。

しかも眞由美は「今夜も使ってみましょう？」と、ベッドへ大人の玩具を放り出していった。昨日は用途不明だった道具に関しても、使い方をバッチリ教えてくれて
――。

そんなアレコレに、青年は握り拳の内が汗で湿る。心臓も早鐘のようだ。

いっそこの場で奇声を上げながら、ヒンズースクワットでも始めてしまいたい。

そこへようやく眞由美がやってくる。

「お、お待たせ、正太郎君……」

「っ！」

正太郎が見上げれば、ドアのところに立つ女探偵は、白いバスローブを纏っていた。

端整な顔を真っ赤にしながら、目線もモジモジと伏せ気味で。

「眞由美……さん……」

立ち上がった正太郎のところへ、彼女は小股で寄ってきた。

「あ、あの……正太郎君……呆れないで聞いてほしいんだけど……」

真正面で恥じらう想い人に、正太郎も唾を飲む。

「はい……」

「……アナルセックスに興味って……ある？」

「え……っ」

思いがけない質問で、返事に迷った。途端に眞由美は慌てた口調となって、

「わ、私ねっ……正太郎君の『初めて』を沢山もらっちゃったでしょうっ？　だから、

その……私も君に……『初めて』のお返しをしたくて……ほらっ、昨日もお尻へされたら、気持ち良く……なっちゃった……し……」

要するに、愛情と好奇心を持て余しているようだ。

それで正太郎も腹筋を固め、きっぱり声を張り上げた。

「興味ありますよ、眞由美さんとならっ」

急に積極的になった年下の恋人に、眞由美も驚く表情だ。しかし直後には、ホッとしたように艶めかしい笑みを作る。

「じゃあ、やりましょう？　身体の準備なら、ちょっとだけしてきたの……」

彼女はバスローブの帯をシュルリと解いた。衣類が支えを失えば、巨乳の谷間とお臍、さらに秘所へかけてが、縦一直線に露になる。

そこで正太郎も、恋人の肩にかかる布地を、左右へ滑らせた。

袖の一部を残し、バスローブがずり落ちる。

眞由美はさりげない動きで腕を抜くと、跪いて正太郎のズボンへ手をかけてきた。

愛情たっぷりの指遣いで、ズボンと下着がどかされて――。

青年の充血したペニスは、切っ先を猛々しく天井へ振り上げる。

「お……」

「ん、ぁ……っ」

次に眞由美は、ベッドへ裸身を預けた。両膝を床へ残したまま、マットレスに上体と腕を乗せ、取るのは従順に尻を持ち上げるポーズだ。

「正太郎君……し、してっ……ください……っ……」

「はい……っ」

正太郎も恋人の後ろで立て膝となる。

ここをペニスで貫くんだ——そんな気構えでヒップを見れば、丸い双丘の質感に、改めて胸を衝かれた。

湯上りの肌は、霧吹きでも使われたように薄く汗を浮かせつつ、眩いような桜色。対照的に、谷間で息づく肛門周りは、鈍いセピアのままだ。無数の皺を寄せる穴の姿ときたら、全体が張りつめる中で極めて異質だった。

とにかく、下ごしらえは必須だろう。

ペニスはアナルバイブよりずっと太いのだから。

「眞由美さん……ローションと、ア、アナルビーズっていうの、取ってください」

ベッドへ上半身を投げ出している眞由美の方が、数々のアダルトグッズと近い。彼女も求められるまま、己の排泄孔を嬲るための道具を、「……はい」と後ろへ差し出してきた。

ローションは昨日と同じもの。

そして新たに正太郎が受け取ったアナルビーズは、大小十個の珠が紐で数珠つなぎとなっている。一方の端には、直腸から引き抜く時に摘むためのリングも付いていた。

喉をゴクリと鳴らした正太郎は、まずローションボトルの蓋を開け、眞由美の尻の谷間へ粘液を垂らす。

「う、ふ……っ⁉」

ツツーッと尾てい骨の辺りから下まで伝うヌルつきに、眞由美の声音は慄くようだ。

青年を誘いはしたものの、心細さも大きいのだろう。しなやかな十指をことごとく曲げて、シーツにキュッと食い込ませだす。

そんな彼女を濡らし終えたら、正太郎はアナルビーズを持ち直した。リングがあるのとは反対の端を、ヒクつく排泄孔へあてがい、

「入れます……！」

どうにかそれだけ言って、眞由美が頷くのを待った。

コクリ――。

了解をもらえたので、比較的小さな一つ目の珠を、ツブッと肛門へ押し入れる。

「んあはっ⁉」

眞由美は声を高くしたものの、菊座の方は思っていたよりスムーズに、人工の珠を飲み込んだ。

一応、圧力は大きいし、珠が通り抜けるや否や、針孔のような大きさへ戻りもする。とはいえ、どこかこなれた雰囲気なのだ。

「あ、ぁっ……今のっ……一個目が、入っちゃったの、よね……っ⁉」

「はいっ、続けて平気ですかっ？」

女探偵が首を縦に振るのを見ながら、正太郎はさっきのセリフを思い出した。

——身体の準備なら、ちょっとだけしてきたの——

多分、彼女は風呂でアヌスを解してきた。シャワーで温めたり、指で揉んだり。ひょっとしたら、他にも何かしたのかも。

美女に似合わぬ痴態を想像すると、血が沸き立ちそうだった。

もう質問は挟まない。珠を順に突っ込みだす。

「はっ……きひっ⁉　いっ⁉　ひぐぅうっ⁉」

二人を濡らす汗は量を増し、入れる珠の直径によって、青年の指先への抵抗も変化した。

いかに解れかけとはいえ、異物を押し戻す感触は決してヤワくない。大きめの珠の番が来れば、押し込むのに結構な力が必要だ。

一回、また一回と、菊座も広がってから縮こまり、極小の穴からグロテスクな器物がニュッと生える眺めは、何とも言えず変態的だった。

そうして最後まで入れきったら、正太郎は問いかける。

「どうですか、眞由美さんっ……？」

「ん、あ……き、昨日とは、違う、かも……っ……！」

女探偵は答えるために意識を背後へ集中し、一層心を炙られてしまったらしい。落ち着きかけていたわななきを再び大きく変えて――、

「ア……アレよりお腹がゴロゴロする感じで……！　や、ぁっ⁉　もっと変なのぉおっ！」

語尾も妖しく高まった。

「分かりました……！　次は取ってみます！」

正太郎はリングへ指を掛け、さらなる慎重さで玩具を引きにかかった。

すると括約筋を擦り立て、グポッ、グポッと、珠が一つずつ出てくる。

菊門が大きくなったり窄んだりするのは、入れる時と一緒だが、今度は穴周りが何

度も歪に持ち上がった。

「んぁあっ！　で、出るっ！　またっ、あンッ！　またぁあっ⁉　どんどん出てるぅうっ⁉」

亀の産卵を連想させられる変形ぶりだ。

そのまま全ての珠を抜き終えて、正太郎は己が無意識に息を止めていたことに気付く。

「ふぅうっ！」

忙しく呼吸した後は、ろくに動けない眞由美へ、またアナルビーズを挿入していった。

——どうやら一回目以上に、穴が柔らかくなってきたようだ。

眞由美もますます艶っぽく反応している。

「んぁああっ！　ぁはうっ！　しょ……たろ……くっ……ふやはぁっ！」

声音は愛くるしいし、尻は心持ち後ろへ差し出すし。

結局、最初の三分の二ぐらいの時間で、マニアックなアイテムは腸内へ収まった。

となれば——。

正太郎も手に熱が入る。

いった。

「ひ、いっ！　んきひぃっ！」

一つ目、二つ目、三つ目の珠と、亀の産卵ごっこは、どんどんハイペースになっていった。

そのまま四つ、五つ、六つ目の珠も。

「ひはっ、やっ……あ、あ、あぉおっ⁉　出るっ、出てるぅううっ⁉」

もはや菊門の収縮は、卑猥な珠を飴玉さながら、大喜びでしゃぶり転がすみたいだ。

そして七、八、九、十番目――！

「はひぃいっ！　あっ、やっ、ぅぁああうっ！　出っ、ひゃぐぅううっ⁉」

盛大に捲れてしまった肛門周りは、容赦なく摩擦され続け、眞由美は「出る」と言い切れないうちから、次の排泄感で滅多打ち。

こうなると、菊門も珠を出しきったのに、元へ戻れない。正太郎の眼前で、緩慢にすぼまろうとするものの、結局、ボールペンぐらい通せそうな緩さを残してしまう。

他の部分も激しく痙攣していた。手、肩、足――。どこも真っ赤で汗みずくだ。

そのくせ、息遣いには淫色が濃かった。

正太郎はアナルビーズをベッドに放り出し、人差し指を肛門へと添える。

「次は指を入れますっ！」

「ぁうンっ……し、してぇっ！」

短い宣言には、短い返事。

これだけ聞ければ十分で、正太郎は愛撫を猛進させた。

締め付けはまだ残っていたが、指の鈍痛ごときで青年の気力は損なわれない。むしろ、攻撃的な締まりを、徐々に解していけるという征服欲が、グイグイと高まる。

「う、ぐ、く……ぉっ！」

腸内まで潜れば、窮屈さの代わりに体熱が待っていた。亜熱帯のようなそれも、指先を蠢かせて堪能だ。

「んはっ、硬いのっ……正太郎君の指ぃいっ！　お尻をっ、つ、突き抜けへぅぅうっ！　この感じ……はうんっ！　わたっ、しっ……好っ……きぃいいっ！」

「続けて良いんですね……!?」

「ええっ……ええっ、うんっ……！　もっと強くしてもいいからぁあっ！」

乞われるがまま、正太郎は律動へ取り掛かった。

弾みを付けるために手首ごと回転させ、抜いて差してを繰り返す。

対する肛門周りも指へみっちり食いついて、一緒に出入りし始めた。

「あ、お、おほぉおっ⁉　ズボズボッ、ズポズポってて……そのやり方ぁあっ……ぁへぇうっ⁉　お、おちんちんみたいぃいっ！」

どうやら歓迎されているようなので、気張ってもう一押し追加。今度はほじる角度を、グリッと上向きに変えてみる。

「んきひひひぃいいっ⁉」「く、ぐぉっ⁉」

怒涛の圧力が指の片側に集中した反面、菊座は一段と拡張できた。しかも傾く向きを時計回りに変えていけば、全方位を押しのけられる。

だから、グルリ、グルリ、グルリと、三度も四度も継続だ。

こんな傍若無人な手口をも、眞由美は受け入れてくれた。

「拡がってるぅうぅあっ⁉　ぉお尻ぃいっ……どんどん開いちゃううっ！　やっ、やっ、くぁあうっ！　は、恥ずかしいのにぃ……嬉しいっ、のぉおっ！」

おかげで正太郎も、完璧に気持ちが固まる。

もう手だけでは満足できない──！

入れたい、眞由美に、ペニスを！

後は衝動のまま、引っこ抜く。

「ひゃぎぃいいいんっ⁉」

牝の遠吠えをBGMに出てきた人差し指へは、腸汁と体温が絡み付いていた。湯気までホカホカ立てそうだ。

それを尻たぶへなすり付けながら、正太郎は恋人へ訴えた。

「眞由美さんっ……俺、チンポをあなたのお尻に突き立てたいです！　今ならやれる自信があるんです！」

眞由美も硬直を抜き切れないうちから、情愛を下品にぶちまけ返す。

「ええっ、して！　してっ！　正太郎君の好きなやり方で、おチンポしてくださいっ！　私のお尻マ○コをっ……お、犯してぇええっ！」

挙句、犬の求愛さながらに美尻を揺すって見せて。

「入れます！」

正太郎はローションのボトルを取り上げ、雄々しいペニスへ近づけた。一塊となって落ちてきた粘液は、鈴口から根元まで撫でていく。

その総毛立ちそうなこそばゆさに、ブルッと身震いしながら、ボトルを床へ戻す正太郎。

右手で気忙しく粘液のダマを潰し、屹立の根元を握った。左手では眞由美の腰を押さえた。

菊座の締まりを考えれば、脆い亀頭の途中では止まれないだろう。

少なくとも、カリ首まで一思いに入れてしまいたい。

決意を新たに、正太郎は剛直を入口へあてがった。

呼吸を止めつつ、前へ押し出せば、グプ、ブ――と、狭い穴を凹ませながら拡張できる。埋まるというより、突き破ると表現する方がふさわしい光景。やっている本人ですら、凶悪と思わずにはいられない。

「んぅぁうぅっ⁉　ひぃいっ⁉　ぃひぃいいっ⁉」

恋人も背中を反らしていた。

ただし、括約筋は残った力を総動員して、侵略者を咀嚼してくる。

だから決めていた通り、ノンストップでねじ込んだ。

自身も顔をしかめつつ、エラまで入れ切る正太郎。

それでも、止まるにはまだ早い。

怒張は中途を押さえられて、ひどく不安定なのだ。眞由美が腰を捻ろうものなら、根元からへし折られてしまう。

「お、おぉおっ！」

本能的な危機感にみぞおちを竦ませつつ、前進。さらに前進だ。

アヌスの変形はどこまでも凄まじく、進んだ分だけ、肉竿の表皮も付け根側へ手繰られる。カリ首も裏筋も徹底的に伸ばされて、亀頭周辺の疼痛は強烈だった。

「つぁおお……！」

なんとか陰毛の生え際まで巨根を埋め終えたものの、正太郎は脂汗でびっしょりとなっていた。菊座はきついままだし、腸内は熱い。早くも限界を超えてサウナの中に留まっている心地。

「眞由美さん、大丈夫ですか……っ⁉」

ゼェゼェと呼吸を再開させながら尋ねてみれば、眞由美もしなやかな肢体をマネキンさながらに突っ張らせていた。それでも青年の声は聞き取れたらしく、

「う……ぁうんっ……！」

頷くというには、ささやかな首の振りを見せる。さらにきちんと動けていないと自覚したのか、二、三秒の間を置いて、もどかしげに声も搾りだした。

「私は……平気……ぃっ……！」

「痛く……ないんですかっ⁉」

「ええっ……き、気持ちいい、の……っ。正太郎君とならっ……んぅっ！　い、痛いことまでっ……気持ち良くなれるから……ぁあっ！」

それが真実かどうか、正太郎は判断できない。もしかしたら、こちらを気遣っているのでは――。

しかし逡巡する彼へ、眞由美は懇願を重ねてきた。

「動いてぇ……正太郎君っ……おマ○コへするみたいにっ、お尻も苛めてぇぇえっ！」

「は、い……！」

元々、アナル責めで悦ばれたのは下がる摩擦だ。

正太郎は筋肉を引き締める。その力で後退にかかれば、いきなり肉幹の付け根が軽くなった。直前とのギャップは強烈で、緩んだ尿道も一気に精液を呼び込んでしまいそう。

「くぐぉおっ！」

竿を咄嗟に硬くして、そのままズリズリと外を目指し続けた。空気と触れる面積はどんどん広くなり、その分ザーメンも活性化。

見下ろす先では、ペニスに貼りつく肛門が、はち切れんばかりの伸びようだった。すでに皺の一つも残っておらず、極太の竿によって同じ方向へ擦られる。

「うぅふぁああ!?　ふ、太いのが出てっ……るぁうっ!?　正太郎君が動くぅううっ！」

眞由美も尋常ではない排泄感に、太腿の痙攣が派手だ。

正太郎が目線を前方へ転じれば、シーツへさらに爪が食い込んでいる。巨乳は平たく潰れてしまい、後頭部の陰で、顎もマットレスに押し付けられているらしい。

それでも喘ぎ声には、聞き違えようのない肉悦が混じっていた。泣きじゃくるようでありながら、同時に嬉しげ。

青年の胸に達成感が湧いてくる。入念な準備は、ちゃんと実を結んでいたのだ。

もう中断を考える必要はなかった。そして自信がペニスへ持久力をもたらすのは、これまでと同じ。正太郎はカリ首が出口へ差し掛かる寸前で速度を緩め、百八十度の方向転換をした。

再び腸内へグイグイ突っ込まれていく、肉幹と菊門の皮。

「好きですっ！　き、気持ちいいですっ！　眞由美さ……んぐっ！　くおぉうぐっ！」

痛いのまで気持ちいいという眞由美の発言も、身を以て実感できる。

抉るサディズムと搾られるマゾヒズム。両者は交錯し始めるや、すぐにグチャグチャと絡み合い、もう絶対に切り離せない。

もっとも眞由美の方は、食い千切らんばかりに男根を圧搾しながらも、やり返している自覚がないらしい。ただひたすら、被虐的な歓喜に浸っている様子。

その肉欲を満たしてやるため、正太郎は数段重いピストンを、連続で叩きつけた。

剛直の太さも長さも存分に使い、肛門を直腸へ押し込めるだけ押し込んだ後、反対向きに引きずり出していく。

「わ、私ぃいっ……ひぉおっ！　んほぉおっ⁉　お尻がっ……お尻っ、んお尻ひぃいっ⁉　ぃ、良いぃいのぉおっ！　正太郎君のおチンポでっ、捲られてるのおおおふっ！」

「まだまだっ！　これからなんですっ！」

「んぎひぃいっ⁉　ひおっ！　広がっ……ぁ、ぁあおぉおっ⁉　漏れるぅうっ⁉」

眞由美が嬌声を一オクターブも高くしたのは、青年の腰遣いに、のの字を描く傾きまで加わったからだ。

ただし、正太郎の方にも、ピンポイントで菊門が食い込む。

「ほぐっ⁉」

このやり方は危険だった。

思わず涙が浮いてくるものの、その拍子に滲む視界へ、ベッドに放り出されたままの大型バイブが飛び込んできた。あれはまだ使ったことがない。しかし――。

「い、今の眞由美さんならっ、俺のチンポを後ろへ入れたままっ……くっ、ぅっ！　そこのでっかいバイブまでっ、おマ○コに押し込めそうっ……ですよね！」

眞由美が無理だと答えれば、言葉だけで苛める。やりたいと言えば、二穴で気持ち良くなってもらえる。

そして眞由美の出した答えはといえば、

「い、入れる……のっ、ぉっ⁉　正太郎くぅ……んっ、わ、私ひっ……は、ぅ、う！　う、んっ！　やってみる……ぅぁううっ！」

右腕をガクガクとバイブへ伸ばす彼女。ケダモノめいた腰遣いで首や肩まで揺さぶられるから、手の狙いは定まらない。二度も空振りをした末、ようやくバイブを掴み取り、後は挿入用の湿り気を持たせるためだろう、がむしゃらに舐り始めた。

きっと彼女は切なく眉を寄せながら、真っ赤になった頬をすぼめて、唇をあられもなく突きだしている。

女探偵の美貌の崩れようを、正太郎は細部まで思い浮かべられた。それを裏付けるのが、耳へ届く籠った声音だ。

「ぅあうぅ！　ひ、んぁあぶっ！　んっ！　ぐっ！　ぉうっ！　んぇぶぅうぅうおっ！」

マゾと化した身には、息苦しささえ歓喜の基らしく、眞由美は何度も何度も「じゅるっ！　んぁむふっ！」と舌なめずりめいた音を、呻きに混じらせた。

やがて唾液まみれになったバイブを、股間へ移す。

膣口を手探りで見つけた彼女は、迷わずズブリッ！　大人の玩具を子宮口まで突き立てた。

「んひぁああっ⁉」

浅ましい絶叫とわななき。ベッド側面には膝を擦り付けている。

玩具は膣襞を苛烈に押しのけて、正太郎へも存在感をアピールしてきた。圧された分だけ直腸はひしゃげるし、女体の強張りは括約筋まで窮屈にする。

しかし正太郎はたじろがない。

「っ……！　その道具、スイッチがついてましたよね！　入れてください！」

彼の無体な指示に、眞由美も間髪容れず従った。ブーンブーンと、昨日からお馴染みとなったモーター音が、性臭立ち込める部屋の空気を震わせだす。そして女体も内側から振動させる。

「ひぁあっ⁉　や、ぁあんっ！　私の中っ……もぉっ、ぃいっぱいなのぉおっ！　あっ、やっ、んぁはぁあっ⁉　助けてっ、正太郎くぅうんっ！　きついのっ！　お腹がギュウギュウなのよぉおっ⁉」

人工物の回転は、単調ながらも全く途切れなかった。襞を捏ねくり、子宮口まで小突いて、新たな快感を量産し始める。

正太郎も腸壁越しに、裏筋をさすられた。

「ふ、おっ！」

咄嗟に背筋を伸ばす間にも、男根の下を立て続けに同じ方向へ転がされる。そのあくまで無機的な動きと、青年は張り合いたくなった。

助けて——と恋人から言われたばかりなのに。抽送を雄々しく変える彼。もはや動くペースは、柔軟なヴァギナへやる時と変わらない。

排泄孔からも過酷な疼きを送り返されてしまうが、それもアブノーマルな喜悦と直結だ。

突進すれば扱かれるし、抜けば解放感が天井知らず。痛烈と分かっている円運動も、アクセントとして仕込む。

もはやアナルセックスは病み付きで、バイブを押しのけんばかりに、青年は腰を打ち付けた。

救いの手とは正反対の猛攻を受け、眞由美もよがり声を張り上げている。

「いひおぉおうっ！　ひゅおう！　おほぉおおっ⁉　やっ、やっ、やはぁんやぁあっ⁉」

もはや、まっとうな人間の上げる声とは思えない。正太郎はそこへ問いを投げかけた。

「眞由美さんっ、前も後ろも塞がれてっ、まだ気持ちいいですか⁉」

女探偵は身悶えしながら顎を何度もシーツへぶつける。そして必死に人語を使おうとする。

「んぃっいやらしい女でぇっ、ごめっ、ごめんなさいいぃっ！　私っ、正太郎君にっ、貫かれてっ！　んバッ、バイブの方までおチンポでゴリゴリッ、は、弾かっ、れっ……ぇぅうっ！　駄目ぇえ⁉　き、気持ちいいのがぁっ、終わらないのぉおぉっ！」

そんな美人探偵へ、正太郎はもっと悪者らしい責めをやりたくなった。しかし、極度にのぼせている状況だ。語彙などとっくに尽きている。

「ふ、ぁ！」

言葉を出せないなら、せめて別の方法で。

もどかしさに操られた彼は、口をパクつかせた後、平手を恋人の腿へパシンと当てた。力は弱かったものの、眞由美は落雷へやられたかのように打ち震える。菊門もペニスを押し出すように脈打った。

「お、お仕置きぃいっ⁉　正太郎くぅうあぁっ⁉　お仕置きなのぉおおっ⁉」

右手をバイブから離し、またもシーツを掴み直す彼女。もはや両手で自身を支えなければ、ベッドからずり落ちそうなのかもしれない。

しかし悦んでもらえているようなので、正太郎は右手でも左手でも、スパンキングを開始した。内からはペニスで、外からは両手で、淫らなヒップを挟み撃ちだ。

「そうですっ！　やらしくて可愛い眞由美さんにはっ、どんどんお仕置きです！」

パチッ、パチッ、ペチンッ――と、叩き方はソフトなままだが、大きな音を出すコツなら掴めてきた。

そして彼が高い音で空気を震わせるのと同時に、肛門は痙攣まがいにミチミチ狭まる。その中で居場所を確保するために、怒張の往復も一段と逞しく変わった。自分を追い払おうとする肉穴を、腸内へ力ずくでねじ入れてやる。逆に外側へ引き出してやる。

「やっ……つぁああ！　んやはぁあっ!?　それ駄目ぇええへっ！　イクのっ！　お尻叩かれへっぇえおぉうっ！　わたっ、ひっ！　イぃイッひゃうっからぁああっ！」

女探偵も、若い恋人から叱られるシチュエーションが、クセになってしまったらしい。挙句、エクスタシーのスイッチまで入ったように、またも舌の呂律が回らなくなってきた。

昂ぶる正太郎に、ここで自制しようなんて選択肢はない。憑かれたように、両手と腰を発情ヒップへぶつけ続ける。

「イッてください！　眞由美さんっ、早く！　早くっ！　早くイッてくださいぃっ！」

いくら軽くやっているとはいえ、掌が痺れてきた。見れば、朱に染まった女探偵の尻肉にも、赤い手形ができている。

後先考えずに動かしたペニスなど、表皮が擦りきれてしまいそう。裏筋も、さらにカリ首も、焦げんばかりに加熱して、亀頭は腸内で破裂するか、あるいは消化されんばかり。

汗もダラダラ溢れ続けており、雫が体表を滑っていく感触は、全身でくすぐったかった。

気付いた時には、正太郎も絶頂目前。

だが、足がもつれる心地でありながら、自分で自分の背中を押してしまう。最後の疾走を止められない。

「俺もイキます！　く、う、うっ⁉　ぉおうっ！　イキそうです！　でも俺は眞由美さんとっ！　大好きな恋人のあなたと！　同じ時にイキたいんですっ！」

「ひ、ぃいんっ⁉」

眞由美にとって、被虐の念はエクスタシーへ加速する燃料。しかしそれ以上に、青年からの愛の言葉が、効果てき面だった。

彼女はついに自分から、尻を前後へ振り始める。ベッドへ倒れ込むような体勢のため、動ける範囲はごく僅かだが、それでも稚拙なリズムでペニスを貪った。潰れたままの乳肉も刺激し続ける。

「うんっ、うんっうんぅうっ！　わ、私もぉおっ、おっおっ……ぉほぉおうっ⁉　私もなのぉおっ！　正太郎君とイキたいからぁっ！　おぉっぉお願いっ！　ぃいひっ！　ぐっ、ひ、ひぎぃいひっ⁉　あなたもぉおっ、イッ……イッ、イィイッてへぇええっ！」

「はい、イキますっ！　俺も眞由美さんとっ、イキッ、イッ、イクぅうおおおっ！」

正太郎は振り下ろした両手で女体を拘束すると、後は渾身の力で屹立を突進させた。排泄孔も腸内も、極太の竿が届く限りに蹂躙だ。その反動はとんでもなくて、狭い肉道の中にあっては避けようがない。

ペニスの底で、子種の堤が粉々に打ち砕かれてしまう。

「くおっ！　つぉおおふぅうっ⁉」

ついに尿道へ精液が殺到した。ギチギチの括約筋すらも割り開く濁流と化したゲル状は、鈴口まで一心に駆け上っていく。

「んぐひぃいいっ⁉」

体内深く栓をされた眞由美も、感じすぎて嬌声を吐き出せないでいた。このままでも、次の一瞬で、確実にオルガスムスへ行き着くだろう。

しかし、彼女が真に感じるのは、抜かれる動き。

愛する人へ、最上級のアクメをプレゼントするために、正太郎は怒張を真っ直ぐぶっこ抜いた。

ズルズルズルゥッ――と猛烈な疾走に、眞由美も首を振りたくる。

「んひぃいいっ！　ひぃっ、ひぃいいっ！　んぎきひぃいいいんひぃいいっ⁉」

最初の一センチかそこらの動きで、女探偵の限界は振り切れていた。だがペニスには、その十数倍の長さがあるのだ。

だから、尚もズルズルズルッ！　ズルズルズズズゥウウッ！

「お、おっ、おほぉおおっ！　死っ……死ぬぅうぃいいひっ、あぁっああぉっおおっおっおっくぅうほぉおおぉぉおっ⁉　くひぃいぁあぁやぁはぁあんぁあぁぁあっ！」

快楽によって封じられた女探偵の絶叫は、さらなる法悦によって、強制的に再開させられた。

破らんばかりにシーツを握り、尻を浮かせる眞由美。青年と出会って以来、最もは

したなく、最も過激なイキっぷりによって、前の穴でも牝襞が収縮しきっていることだろう。それこそ、太いバイブを奥からヒリ出さんばかりに。

正太郎も眼前で、無数の火花が飛び散り続けていた。アナルセックスの法悦は、男も女も壊してしまう劇薬だ。

「イ……くぅうぁあおぉおおっ！」

恋人の外へ抜け出た彼の鈴口は、爆ぜるように上を向きながら、多量の白濁をまき散らし始める。

何が何でも孕ませたいといいたげに、尻や背中へへばりつく無数の子種達。赤らんだ美肌は一瞬でドロドロだ。

こうして女探偵が休むための部屋には、愛液や我慢汁の水っぽい匂い、発情した二人分の体臭に加えて、ザーメンの生臭さまで染み付いてしまった。

もう簡単には清められない。まして匂いフェチの気がある眞由美のこと。一晩中、愛欲を燻らせ続ける可能性が大だった。

そしてモーター音も、未だにクレヴァスで垂れ流されている。

「は……ぁ、あ……ぉっ……これ……まだ動……いっ……ぅぁへ……ぇおぉ……っ」

熟れ襞を撹拌され続け、脱力し切れない眞由美。

これでは正太郎の方も、劣情が瞬時に復活してしまう。

「そ……そうやって感じてる眞由美さん……すごく素敵です……っ」

「ぅあ……ひ⁉　あ、あへへ……ぇ……えう……ぅ……っ……」

青年が頭を撫でれば、女体の痙攣が媚びるように激しくなって。そこでアヌスへ、指を挿入だ。

「んぐひぃいいいっ⁉　ぃひおっ！　つぁおぉおおぉおっ⁉」

後は回転。律動。

大学の寮の門限までは大分余裕があるし——歳の差カップルの睦み合いは、まだまだ続きそうだった。


続く二週間は、あっという間にすぎた。そして、二度目の中間報告の日がやってくる。

緊張しながら学部長室の前へ立つ正太郎の隣には、スーツを着込んだ眞由美の姿もあった。

彼女の顔は青年以上に固い。しかし、二人で相談して決めたのだ。

——なぜ、実の娘を姪と紹介したのか。

――なぜ、娘の現況を知るのに、バイトを送り込むなんて回りくどい手を使ったのか。

それらを直接、源元英雄から教えてもらう。

眞由美は、探偵としての生き方を認めるつもりが、父にないためと解釈している。

確かに英雄も、不祥事を起こされたら困ると発言していた。

だが正太郎には、学部長が娘を遠ざけたがっているとは思えない。むしろ、以前から気遣ってきたような――。

(自分のことじゃなければ、眞由美さんだって、俺みたいな見方をしたんじゃないか？)

今、彼女は決心がつきかねるように、深呼吸を繰り返している。

多感な時期から想い人がどれだけ悩んできたか。正太郎は改めて教えられるようだ。

しかし、ずっと立ち尽くしている訳にはいかなかった。

「……開けますよ？」

確認すれば、眞由美も無言で頷く。

青年は一歩進み出し、コンコンとノックした。

すぐに中から「入りなさい」という返事。

唾で喉を湿らせ、ドアを引き開けると、源元英雄は戸口と向き合う格好で、机の向こうに座っていた。そしてわざとらしい笑みを作りかけ——途中で凍りつく。

「…………眞由美……？」

そんな彼に、眞由美はぎこちなく微笑んだ。

「久しぶりね。…………お父さん」

——ついに親子の対面は果たされたのだ。


「……眞由美を姪と紹介したことに、それほど深い意味はなかったんだ。強いて理由を挙げるなら、僕とのコネを期待されたくなかったことだね。娘へ安っぽいご機嫌取りなんてされては、本来の目的を果たせない」

それが正太郎の問いに対する、英雄の一つ目の答えだった。

彼も内心は冷静でないかもしれない。しかし表面上は、いつも通りの態度へ戻っていた。

その何もかも見透かしていると言いたげな口ぶりが、正太郎は不満だ。

（ずっと眞由美さんを寂しがらせていたのに……！）

娘を疎んでいる訳ではなさそうだが、青年の思い描いていた対応とも違う。

この人は裏で小細工をするのが好きなだけなのではないか――そんな風に見えてしまった。

「何だったんですか？　本当の目的って」

「損得抜きで協力してくれる味方を、娘へ送ることだよ。スパイは二の次。むしろ、僕へは反発するぐらいが都合良かった。君の正体もすぐバレると踏んでいたね」

そこで眞由美が口を開いた。

「でも……どうして今になって……？　ずっと、私と距離を置いていたのに……」

問いかけるというより、低く独り言を漏らすかのようだ。

困惑する実の娘に対しては、英雄も物腰を改めた。正面から真摯に見つめる。

「半年ほど前、たまたま街でお前を見かけたんだよ。遠目にもひどく疲れていてね。……だから放っておけなくなった」

「…………」

眞由美は何も言い返さない。

それで正太郎も漠然とだが、当時の様子を察せられた。

独立して自分の事務所を持った眞由美は、ずっと一人で気張り続けてきた。英雄が見かけた時は、本当にギリギリの表情となっていたのだろう。

とはいえ、まだ完全な答えとは言えなかった。

「学部長なら、所長の力になれる方法が、他にあったんじゃないですか？」

「娘はもう良い大人だ。それに僕だって歳だよ？　未来ある若者の方が、長く眞由美を支えていけるじゃないか」

「……それが、俺なんですか？」

「ああ。娘は探偵だから、キャリアを積んだ弁護士じゃ、立場が違いすぎて心からの仲間にはなれない。だけど学生の内から信頼関係を築いておけば、将来弁護士になった後も、娘の力になれる。今いる学生の中で、君を一番評価しているのは本当なんだ」

眞由美の父はどんな人かと、前に質問した時、英雄は『臆病でズルい男』だと評していた。あれは自己嫌悪の表れだったのかもしれない。

差し伸べた手を娘に払いのけられるかもしれなくて、彼も怖かったのか――。

いや、それにしたって。

やはり正太郎は賛同しきれなかった。

「眞由美さんはずっと……父親に嫌われていると思っていたんです。あなたの温かさが、何よりも必要だったんです」

「そうなのかな、眞由美」

実父に問われ、眞由美は心身の強張りを解こうと努めている様子だった。

「……ええ……これまではそうだったんでしょうね。でも、悲観的になることはないって分かったもの。少しずつでも、前向きに意識を変えるわ」

「ほう」

「今の私には、正太郎君も必要なの。いつか家族になりたいと……そう思っているのよ、お父さん」

「え？　ま、眞由美さんっ？」

恋人の大胆発言に驚き、正太郎は隣を見た。だが考えてみれば、自分もいつの間にか、彼女をファーストネームで呼びだしている。

そこで腹を括って、学部長を見据えた。

「俺も眞由美さんが好きです。学部長がどんな意図で俺を探偵事務所へ送り込んだのだとしても、この先ずっと眞由美さんの力になっていくことは変わりませんっ！」

親子関係の改善を願っていたはずが、何やら宣戦布告めいた気分となってきた。

しかしこの際、構わない。娘の恋人と父親の対面なんて、大なり小なり、対決じみている場合が多いはずだ。

今はまだ力不足の自分だが。

必ず将来、『娘さんを嫁にする』と、胸を張って言い切ってみせる！


――そうして。

これは六年後のある日の風景。

「そろそろ、俺は出ても大丈夫か？」

「ええ、私達なら心配ご無用。あなたも依頼者さんのために頑張らなきゃ、ね？」

「ああ、まあ……分かったよ」

少々後ろ髪を引かれながらも、正太郎は眞由美へ出かける時の挨拶を――軽めのキスをした。

二人の周囲で変化したことは多い。

たとえば互いの指で輝くのは結婚指輪だし。

部屋のベビーベッドには、あどけない赤ん坊がいるし。

正太郎はどうにか弁護士になれたし。

探偵事務所は女性メンバーが三人も増えた。

一方で、変わらないこともある。

眞由美の若々しさがその筆頭だろう。今は出産と育児のために休職中の身だが、遠からず仕事場へ復帰するはずだ。

今の正太郎なら、妻が探偵の道を選んだ理由も分かる。弁護士は多くの人を助けられる仕事だが、法律沙汰まで発展したら手遅れというトラブルも、世の中には多いのだ。

その時、インターホンが鳴った。

「あら、お客さんね。この時間だと……」

「あいつらかもな」

椅子から立ち上がろうとする眞由美を軽く手で止めて、正太郎は玄関へ出る。覗き窓から確かめると、外にいたのは思った通りの二人組だ。

「……よお」

すぐにドアを開けて、客達——井上瑠実と野呂創を出迎えた。

途端に瑠実が怪訝な顔をして、

「正太郎、どうして昼間から家にいるのよ？　もしかして首になっちゃった？」

「んな訳あるか。仕事で近くへ来たついでに、眞由美達の様子を見に寄ったんだ」

「ふーん、サボりだったのね」

瞳に宿る光は相変わらず勝気そうだし、口の悪さも直っていないが、それでも瑠実はかなりの美少女に成長していた。

「あはは……こんにちは、正太郎さん」

控えめにお辞儀してくる創の方も、オドオドした雰囲気が薄れて、温厚な美少年といった趣だ。

「もうっ、創ってば。挨拶ならもっとシャキッとしなさいよ。これからは、あんたも赤ちゃんのお手本にならなきゃいけないんだからねっ」

「そ、それを言うなら、瑠実ちゃんだって……！　聞いたよ。この間も数学のテストで赤て――」

「むっ。うるさいわねっ」

「まあ……創も瑠実も上がれよ」

玄関先で痴話げんかを始められては堪らない。賑やかなコンビを連れて、正太郎は妻のもとまで戻った。

すると、ちょっとの間に電話がかかってきていたらしい。

「ええ……ええ、一時間後ぐらいね？　分かったわ」

受話器に向かって何事か話していた眞由美は、若い客へ挨拶代わりに柔らかく微笑。気安い調子で通話を終えたら、正太郎にも笑いかけてきた。

「これからお父さんが遊びに来るって。ふふっ、ほとんど毎日ね」

「よっぽど初孫が嬉しいんだろう」

愛おしさを籠めて、ベビーベッドへ目を向ける正太郎。

何だかんだで手強い義父ではあるが、自分も多少は仲良くなれてきた——と思う。

そこへ割り込むように、瑠実が片手を挙げた。

「眞由美っ、あたし達も赤ちゃんを見に来てあげたわよっ」

彼女はベビーベッドへ小走りに寄る。そしてデレッと甘い声を漏らした。

「ふわぁっ、やっぱり可愛いっ。前も言ったけど、ほんっと父親に似なくて良かったわよねっ」

「あら。私も前に言ったわよ？　父親似なら、優しくて頼もしい子になったはずだって」

「……ぐえー」

惚気と呻きの応酬に、部屋が和やかな空気で包まれる。

しかし、眞由美はすぐ我に返って言った。

「あなた、もう仕事へ戻らないと」

「そうだった。後はよろしくな。俺も出来るだけ早く戻れるようにするから」

「ふふっ、お待ちしていますわ。旦那様」

愛妻へ笑い返してから、正太郎は足元の鞄を取り上げた。

目標通りに弁護士となれた彼ではあるが、今は新しい夢が幾つもできている。

それは眞由美とのことだったり、子供とのことだったり。

だから。

今日の風景も、決してエピローグではない。

むしろ何十回目か、あるいは何百回目かの――プロローグなのだ。

Impression

感想募集　本作品のご意見、ご感想をお待ちしております

このたびは弊社の書籍をお買いあげいただきまして、誠にありがとうございます。リアルドリーム文庫編集部では、よりいっそう作品内容を充実させるため、読者の皆様の声を参考にさせていただきたいと考えております。下記の宛先・アンケートフォームに、お名前、ご住所、性別、年齢、ご購入のタイトルをお書きのうえ、ご意見、ご感想をお寄せください。

〒104-0041　東京都中央区新富1-3-7ヨドコウビル

㈱キルタイムコミュニケーション　リアルドリーム文庫編集部

◎アンケートフォーム◎　**http://ktcom.jp/goiken/**

リアルドリーム文庫161

女探偵眞由美の誘惑事件簿

2016年7月7日　初版発行

◎著者　伊吹泰郎《いぶきやすろう》

◎発行人
岡田英健

◎編集
野澤真

◎装丁
マイクロハウス

◎印刷所
図書印刷株式会社

◎発行
株式会社キルタイムコミュニケーション
〒104-0041 東京都中央区新富1-3-7 ヨドコウビル
編集部　TEL03-3551-6147／FAX03-3551-6146
販売部　TEL03-3555-3431／FAX03-3551-1208

ISBN978-4-7992-0912-7 C0193